부지런한 사랑

부지런한 사랑

◆

이슬아 에세이

몸과
마음을
탐구하는
이슬아 글방

문학동네

부지런히 쓸 체력, 부지런히 사랑할 체력

○

나는 일주일에 한 번씩 10대들에게 글쓰기를 가르친다. 10대 때 글쓰기 스승들을 너무 사랑했던 나머지 그들과 비슷한 일을 하는 20대가 되었다. 이 사랑은 프랑수아 트뤼포가 영화를 사랑했던 방식과도 비슷하다. 영화를 사랑하는 첫번째 단계는 영화를 두 번 보는 것이고, 두번째 단계는 영화에 대한 평을 쓰는 것이고, 세번째 단계는 영화를 만드는 것이며 그 이상은 없다고 트뤼포는 말했다. 글쓰기 수업의 개근자였던 나도 첫번째로 스승들의 모습을 보고 또 보았다. 두번째로는 그들을 향해 여러 편의 글을 썼다. 세번째로는 그들이 섰던 자리에 서보았다. 같은 곳에 서서 다시 떠올렸다. 은선생님, 곽선생님, 옥선생님, 그리고 어딘.

아름답고 따뜻한 여자들. 내게 문학의 향기를 알려준 사람들. 사랑은 말과 몸을 버무려 완성하는 거라고 말해준 스승들.

그들을 기억하며 글쓰기 교사로 일했다. 한 교실에 북적북적 모여앉을 수 있었던 시절에 수업을 시작해서 코로나 시대까지 이어가고 있다. 이제 아이들과 나는 마스크를 쓰고 만난다. 또는 모니터 속 분할된 화면을 통해 만난다. 격변하는 세계이자 나빠지는 세계 속에서·글쓰기로 무엇을 할 수 있을지 날마다 생각한다.

수업에서 아이들과 나는 이따금씩 주어를 바꿔가며 글을 썼다.

나는	너는/엄마는/아빠는/할머니는/할아버지는/언니는/오빠는/형은/누나는/몸이 아픈 내 친구는/영상 속 그들은/소는/돼지는/닭은/박쥐는/이제는 죽고 없는 그는/멀리 있는 당신은/어제의 너는/내일의 너는 (…)

그러자 우리의 마음이 바빠졌다. 주어를 늘려나갔을 뿐인데. 나에게서 남으로 시선을 옮겼을 뿐인데. 그가 있던 자리에 가봤

을 뿐인데. 안 들리던 말들이 들리고 안 보이던 것들이 보였다. 슬프지 않았던 것들이 슬퍼지고 기쁘지 않았던 것이 기뻐졌다. 하루가 두 번씩 흐르는 것 같았다. 겪으면서 한 번, 해석하면서 한 번. 글을 쓰고 누우면 평소보다 조금 더 나이가 든 채로 잠드는 듯했다.

우리는 글쓰기의 속성 중 하나를 알 것 같았다. 글쓰기는 게으르고 이기적인 우리를 결코 가만히 두지 않았다. 다른 이의 눈으로도 세상을 보자고, 스스로에게 갇히지 말자고 글쓰기는 설득했다. 내 속에 나만 너무도 많지는 않도록. 내 속에 당신 쉴 곳도 있도록. 여러 편의 글을 쓰는 사이 우리에게는 체력이 붙었다. 부지런히 쓸 체력과 부지런히 사랑할 체력. 이 부드러운 체력이 우리들 자신뿐 아니라 세계를 수호한다고 나는 믿는다.

아이들도 나도 글을 쓰며 간다.
모두가 처음 맞이하는 미래로.

글방의 시작

◆

나의 어린 스승들에 관하여

○

2014년 봄에는 아파트 단지에 전단지를 붙이며 돌아다녔다. 어린이들에게 글쓰기를 가르친다고 적어놓은 전단지였다. 교사를 소개하는 칸에는 내 이름과 전화번호와 경력을 채워넣었다. 신문방송학 전공, 잡지사 근무, 작은 문학공모에서의 수상 이력을 적었으나, 미더운 글쓰기 교사로 보이기엔 충분치 않았다. 나는 이제 막 스물세 살이 된 참이었고 카페 알바만으로는 월세를 감당하기가 벅찬 형편이었다. 가르치는 일에 대해선 아는 게 없었다. 그저 이야기를 듣거나 글을 읽는 것이 좋았다. 더 어필해야 할 것 같아서 이렇게 썼다. "글쓰기를 싫어하거나 두려워하는 아이도 글쓰기를 좋아하게 만들 수 있습니다." 내가 썼지만 믿을 수 없는 문장이었다. 나야말로 글쓰기가 싫고 두려울 때가 잦았기 때문이다.

영등포와 목동 일대에 전단지를 돌리자 가뭄에 콩 나듯 모르는 번호로 전화가 걸려왔다. 한 학부모는 어느 대학을 다녔냐고 물었다. 내가 대학의 이름을 대답하자 그는 심드렁하게 전화를 끊었다. 출신 대학을 딱히 궁금해하지 않는 학부모도 있었다. 그런 이의 자녀들이 내 첫번째 제자가 되었다. 수업준비물을 챙겨서 가정에 방문하면 엄마들은 나보고 고등학생처럼 보인다고 말했다. 수업에 대한 궁금증도 염려도 섞인 말이었다. 별다른 경력 없는 학부생에게 아이를 믿고 맡긴 고용주께서 후회하지 않도록 잘하고 싶었다.

무언가에 대해 쓰고 싶은 대로 쓰자고 제안하면 아이들은 그것에 대해 할말이 없다고 했다. 혹은 기억이 안 난다고 했다. 기억은 나는데 쓰기 싫다고도 말했다. 좋은 이야기는 저절로 얻어지는 게 아니었다. 내가 먼저 무언가를 내주어야만 그들도 소중한 것을 나에게 내주었다.

나는 하는 수 없이 먼저 털어놓는 사람이 되어야 했다. '거짓말'이라는 글감에 관해, 또는 '방귀'나 '눈물'이나 '도둑질'이나 '질투'나 '어떤 냄새'라는 글감에 관해. 어리석은 경험을 한두 개 말하다보면 그 자리에서 가장 우스꽝스럽고 자유로운 사람이 되었다. 아이들은 날 보며 웃었다. 그때 질문을 건네야 했다. 너희는 어떠냐고. 그럼 그들은 연필을 들고 회심의 미소 같은 것을 지었다. 재미난 이야기를 가진 사람의 호기로운 표정이었다. 어리석고 우스운 기억은 누구에게나 있으므로 아이들은 원고지에 무언가를 적어내려갔다. 열 살 최가희는 이런 문장을 썼다.

아침에 일어나서 엄마 방으로 가니까 왠지 눈물이 나오고 가슴이 찡했다. 뭔가 엄마한테 안기고 싶었다. 자다가 밝은 곳으로 가면 이상하게 눈물이 나온다. 내가 왜 이러는지 나도 모르겠다. 언니랑 동생이 옆에 있어도 그리운 마음이 든다.

옆에 있어도 그리운 마음이 든다니, 나도 그게 무엇인지 알 것 같았다. 한편 열세 살 이형원은 이런 문장을 썼다.

우리는 함께 뒤섞여 놀다가 서로의 여름 냄새에 대해 다 알게 되었다. 우리의 두피에서는 쩌든 걸레 냄새가 났다. 우리의 옷에선 중학생 남자 열을 지나가면 맡을 수 있는 냄새가 났다. 우리의 발에서는 가죽에 물을 묻히고 한동안 방치해둔 냄새가 났다. 웃음거리가 되던 우리의 여름 냄새들이었다.

이런 글을 읽다보면 내 후각까지 생생해지는 느낌이었다. 이형원의 여름 냄새 묘사가 적절히 구체적인 덕분이었다. 형원이 옆에 앉은 열세 살 오승린은 이런 문장을 썼다.

가끔씩 영화 찍는 놀이를 하며 놀았다. 주로 절벽에서 서로의 손을 놓쳐 떨어지고 마는 시나리오였다. 왜 했는지는 모르겠다. 우리는 꼭 마지막이 해피엔딩으로 끝나지 않는 영화를 찍으며 즐거움을 느꼈다.

그가 쓴 글 덕분에 나는 이야기의 속성을 조금 이해할 수 있었다. 이야기란 우리를 몇 번이고 다시 살게 할 수 있었다. 다른 세계에서 새로운 사람이 되어볼 수도 있고, 현실에서는 엄두도 안 날 스릴을 잠깐 체험해볼 수도 있고, 가짜로 비극을 겪으며 마음의 근육을 키울 수도 있었다. 그사이에 자기도 모르게 더 강해지기도 했다. 그런 문장들을 읽으며 수년간 글쓰기 교사로 지냈다. 서울의 영등포·목동과 분당 판교와 전라남도 여수 등을 돌며 보따리장수처럼 글쓰기 수업을 했다. 선생님이라고 불렸지만 교실에서 가장 많이 배우는 사람은 나였다.

2019. 1. 7

믿어지는 문장들

○

특별한 준비 없이 글쓰기 교사가 되었다. 아이들은 심드렁한 얼굴로 내 수업에 와서는 엄청나게 재밌는 글을 완성하고 집에 돌아갔다. 그들이 쓴 게 왜 재밌는지, 어떻게 좋은지 정확하게 칭찬해주고 싶어서 나는 책을 많이 읽었다.

좋은 문장의 근거를 생각할 때 자주 다시 읽은 책은 아고타 크리스토프의 소설 『존재의 세 가지 거짓말』이다. 이 소설에는 작문 연습을 하는 어린 쌍둥이가 등장한다. 전쟁과 가난 때문에 그들에겐 선생님이 따로 없다. 둘은 부엌 식탁에 앉아 서로에게 글감을 내준다. 그 주제로 두 시간 동안 종이 두 장에다 각자의 글을 쓴다. 다 쓰면 글을 바꿔서 읽어본다. 상대방의 글쓰기 교사가 되어주는 것이다. 사전을 찾아가며 철자법 틀린 것을 고치고 문장을 수정한다. 문장을 고칠 때에는 쌍둥이들만의 규칙이 있다.

그들은 다른 사람에 대해 쉽사리 '친절하다'라고 쓰지 않는다. 사실이 아닐지도 모르기 때문이다. 그들이 모르는 심술궂은 면을 가지고 있을 수도 있다. 쌍둥이는 친절하다는 말 대신 이렇게 쓴다. "그는 우리에게 담요를 가져다주었다." 또한 쌍둥이는 "호두를 많이 먹는다"라고 쓰지, "호두를 좋아한다"라고 쓰지는 않는다. '좋아한다'는 단어는 모호하기 때문이다. 둘 사이에서 "이 마을은 아름답다"와 같은 표현도 금지되어 있다. 둘에게는 아름다울지 모르지만 다른 사람에게는 추하게 보일 수 있기 때문이다. 그들은 사실에 충실한 문장을 연습한다. 가치판단을 하지 않는 묘사를 훈련한다.

이러한 묘사만이 좋은 문장일 리는 없다. 모든 글쓰기에 적절한 훈련도 아닐 것이다. 그래도 나는 그들의 연습방식을 자주 떠올리며 글을 읽고 쓴다. 무언가를 게으르게 표현하지 않도록 도와주기 때문이다. 좋은 글은 독자가 이야기를 믿게 만든다. 읽는 이의 눈앞에 구체적인 장면을 건넨다. 2015년에 나의 수업을 들으러 왔던 열두 살의 우예린은 달리기에 관해 이렇게 썼다.

달리는 사람들은 얼굴 살이 위아래로 출렁거린다. 내 차례가 오면 저멀리서 선생님이 깃발을 올린다. 깃발이 내려오면 달려야 하니까 심장이 쿵쾅댄다. 출발하는 순간 재빨리 발을 움직여야 하는데 떨려서 잘 움직이지 않는다. 하지만 뛰다보면 바람이 날 밀어주는 느낌이다. 하늘을 나는 느낌이기도 하다. 그럼 발의 움직임이 더 빨라진다. 바람 생각을 하면서 뛰면 나는 어느새 1등이나 2등이 되어 있다.

이 글을 읽다가 내 심장도 좀더 빨리 뛰었다. '뛰다보면 바람이 날 밀어주는 느낌'이라니 정말 찬란하다. 바람 생각을 하면서 뛸 수만 있다면 날마다 달려도 좋을 것이다. 누군가는 '나는 달리기를 잘한다'라고만 요약할 수도 있겠으나 우예린은 멋진 디테일을 생략하지 않았다. 그는 또 앞구르기에 대해서도 썼다.

앞구르기는 재미있지만 막상 해보면 무섭다. 내 차례가 오면 눈을 감고 숨을 크게 들이쉬고 내쉰다. 눈을 크게 뜬 채로 입술을 꼭 깨물고 몸을 앞으로 굴린다. 구르는 동안엔 그저 할 수 있다는 말만 머릿속에서 맴돈다. 한 바퀴를 다 돌고 나면 어지러워서 잠시 멍해진다.

꼭 나도 같이 앞구르기를 한 것만 같다. 몸을 한 바퀴 굴리는 짧은 순간이 작가만의 경험에서 그치지 않고 독자의 감각에도 닿는다. 까먹고 있던 앞구르기의 두려움과 재미를 상기시킨다.

Date.   No.

〈설명서기

☆ 나 같은 어린애에게

김지온

안녕! 나 같은 어린애야! 난 너보다
두 살 많은 너 같은 형이야, 이제 부터
내가 인생 사는 법을 알려줄게. 일단 드
래곤볼 만화는 꼭 봐야 할 만화야, 총 40
44쪽 으로 꽤 긴 만화인데 한 번 보면 중독
되어서 계속 보게 돼 그리고 썰면서 꼭!
먹어봐야 하는 음식은 초밥과 불닭볶음
면이야. 초밥은 싱싱한 생선이 쫄깃쫄깃
함과 시원한 맛을 느끼게 하고 밥이 식
감을 높여주고 와사비와 간장이 조금
찍고 맵가 음식의 맛을 북돋워줘. 그리고
불닭볶음면은 아주 맵지만 중독성이 사주
강해서 태어나서 꼭 두 번 쯤은 먹어본
음식이야, 또 태어나서 꿈이라는 섬은

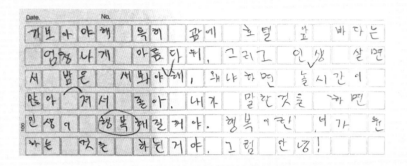

가 봐야 해 특히 괌에 호텔 또 바다는
엄청나게 아름다워, 그리그 인생 살면
서 밥은 세 봐야 해, 왜냐하면 놀시간이
많아져서 좋아. 내가 말한 것을 하면
인생이 행복해질거야. 행복이란 너가 원
하는 것을 하는거야. 그럼 안녕!

안녕! 나 같은 어린애야!
난 너보다 두 살 많은 너 같은 형이야.
이제부터 내가 인생 사는 법을 알려줄게.

내가 말한 것을 하면 인생이 행복해질 거야.
행복이란 너가 원하는 것을 하는 거야.

같은 해에 열 살이었던 김지온은 '불'에 관해 이렇게 썼다.

나는 불이 너무 아름다운 것 같다. 멋진 색을 뿜으며 뜨겁게 타오르는 불이 좋다. 불이 아름다운 이유는 몇천 년 전부터 어둠을 막아주고 맹수로부터 공격을 막아줬기 때문이다. 또한 색깔들이 불을 아름답게 만든다. 불은 빨강, 파랑, 보라, 노랑으로 나눠는데 맨 밑에 있는 보라색이 내가 가장 좋아하는 색이다. 가스레인지에서 나오는 불을 특히 좋아한다. 보라색의 불을 잘 볼 수 있기 때문이다.

김지온의 글을 읽기 전까지 나는 불의 색에 관해 딱히 생각해보지 않았다. 온도별로 다른 그 색깔들이 그의 눈에는 영롱하게 아른거렸을 것이다. 그가 쓴 문장을 읽은 뒤로 나도 가끔 불을 멍하니 바라보게 되었다. 아이들의 문장은 나에게 새로운 몸의 감각을 선물하곤 했다. 그들의 글에 자주 설득당하며 글쓰기 교사로 일했다.

2019. 2. 11

재능과 반복

○

     열아홉 살 때는 재능에 관해 자주 생각했다. 글쓰기 수업에서 친구의 글과 내 글을 비교하다가 질투에 사로잡히던 시절이었다. 내가 더 잘 쓴 것 같다며 우쭐해지는 날도 있었지만, 다음주에 친구가 써온 새로운 글을 읽다보면 도저히 따라잡을 수 없다는 낭패감이 들기 일쑤였다. 수업에서 우리는 정서적으로 엎치락뒤치락하며 매주 한 편의 글을 썼다.

    나는 나에게 재능이 있는지 궁금했다. 재능은 누군가를 훨씬 앞선 곳에서 혹은 훨씬 높은 곳에서 출발하게 만드는 듯했다. 재능이 있다면 더 열심히 쓸 참이었다. 만약 없다면 글쓰기 말고 다른 일을 열심히 해볼까 싶었다. 어떤 어른은 나에게 재능이 있다고 말했다. 어떤 어른은 나에게 재능이 없다고 말했다.

스물아홉 살인 지금은 더이상 재능에 관해 생각하지 않는다. 그렇게 된 지 오래다. 꾸준함 없는 재능이 어떻게 힘을 잃는지, 재능 없는 꾸준함이 의외로 얼마나 막강한지 알게 되어서다.

재능과 꾸준함을 동시에 갖춘 사람은 더할 나위 없이 훌륭한 창작을 할 테지만 나는 타고나지 않은 것에 관해, 후천적인 노력에 관해 더 열심히 말하고 싶다. 재능은 선택할 수 없지만 꾸준함은 선택할 수 있기 때문이다. 생각해보면 10년 전의 글쓰기 수업에서도 그랬다. 잘 쓰는 애도 매번 잘 쓰지는 않았다. 잘 못 쓰는 애도 매번 잘 못 쓰지는 않았다. 다들 잘 썼다 잘 못 썼다를 반복하면서 수업에 나왔다. 꾸준히 출석하는 애는 어김없이 실력이 늘었다. 계속 쓰는데 나아지지 않는 애는 없었다.

어쩌다보니 글쓰기 교사로 일한 지 6년째다. 학생 때 글쓰기 수업을 너무 열심히 들은 나머지 결국 글쓰기 교사가 되어버린 경우다. 10대들의 과제를 검사하다보면 수북이 쌓인 원고지들 사이에서 유독 빛나는 한 장을 발견하곤 한다. 다른 것과 똑같은 모양의 원고지인데 유독 그 원고지만 눈에 띈다. 나는 그것이 재능임을 느낀다. 어떤 아이는 아무도 가르쳐주지 않았는데 놀랍도록 탁월한 문장을 쓴다. 그가 제출한 원고지에서는 휘황찬란한 빛이 나는 것만 같다. 재능의 광채다.

그런 글을 보면 가슴이 두근거리지만 웬만하면 재능이라는 말을 빼고 피드백을 적는다. 그저 너의 글을 읽는 것이 너무 즐겁다고 쓴다. 로맹 가리의 엄마는 어린 로맹 가리의 문학적 재능을 발견하고 기대감에 부풀어 이렇게 외쳤다고 한다. "너는 커서 톨스토이가 될 거야! 빅토르 위고가 될 거야!" 글쓰기 수업에서 나는 아이에게 이렇게 말한다. "너는 커서 네가 될 거야. 아마도 최대한의 너일 거야." 로맹 가리도 결국 로맹 가리가 되었다. 반복적인 글쓰기와 함께 완성된 최고의 그였을 것이다. 그러므로 아이들에게 그저 다음주의 글감을 알려주며 수업을 마친다. 얼마나 평범하거나 비범하든 간에 결국 계속 쓰는 아이만이 작가가 될 테니까.

10대 때 함께 글쓰기 수업에 다녔던 친구가 얼마 전 나에게 말했다. 어느새 너는 숙련된 세탁소 사장님처럼 글을 쓴다고. 혹은 사부작사부작 장사하는 국숫집 사장님처럼 글을 쓴다고. 나에게 그것은 재능이 있다는 말보다 더 황홀한 칭찬이다. 무던한 반복으로 글쓰기의 세계를 일구는 동안에는 코앞에 닥친 이야기를 날마다 다루느라 재능 같은 것은 잊어버리게 된다.

요즘엔 원고 마감을 하러 모니터 앞에 앉은 뒤에 한마디를 읊조린다. "땡스, 갓." 나는 종교가 없고 신이 어디에 있는지 모르지만 이 세계의 어딘가를 향해 감사 인사를 올린다. 써야 할 이야기와 쓸 수 있는 체력과 다시 쓸 수 있는 끈기에 희망을 느끼기 때문이다. 남에 대한 감탄과 나에 대한 절망은 끝없이 계속될 것이다. 그 반복 없이는 결코 나아지지 않는다는 걸 아니까 기꺼이 괴로워하며 계속한다. 재능에 더 무심한 채로 글을 쓸 수 있게 될 때까지.

2020. 6. 16

음식과 글쓰기

○

글에 대해 말하는 것은 글을 쓰는 것만큼이나 재 밌고도 난감한 일이다. 모두가 그 설명을 잘할 필요는 없다. 하지만 글쓰기 교사라면 잘해야만 한다. 교사의 말은 학생들이 다음 주에 써올 글에 영향을 미치기 때문이다. 나는 문예창작을 전공하지 않은 채로 글쓰기 교사가 되었다. 전공했다면 더 좋았을 부분이 분명 있겠지만 그건 살아보지 않은 인생이라 알 수가 없다. 이번 생에서는 부지런한 독서와 정기적인 글쓰기 모임으로 문학을 공부하고 있다. 이 두 가지는 글을 어떻게 읽고 쓸지 훈련하는 과정에 직접적인 영향을 미친다. 앞으로도 계속될 즐거운 훈련이다. 죽었거나 살아 있는 작가들이 책으로 말하는 목소리를 듣는 것. 친밀하지만 결코 호락호락하지는 않은 친구들과 합평을 하는 것.

한편 간접적인 영향을 준 목소리도 있다. 나의 엄마 복희씨의 목소리다. 그는 부엌에서 오랜 시간을 보냈고 아주 많은 이들에게 밥상을 차렸다. 그러느라 고단했던 날도 잦았겠지만 나는 복희씨가 자신의 재능을 한껏 발휘하며 살아왔다고 느낀다. 부엌일을 즐겁게 치르는 이는 생각보다 많지 않은데 복희씨는 그 일이 자신의 재능 중 하나임을 몸으로 안다. 다른 사람들보다 힘을 덜 들이고도 맛있는 음식을 뚝딱 만든다. 그야말로 '뚝딱'이라는 말이 정말 잘 어울리는 속도다. 그는 부엌에서 노래를 자주 흥얼거린다. 가사는 늘 틀리지만 손놀림은 틀리지 않는다. 그는 문학을 전공한 적이 없지만 생생하고 독창적인 비유를 한다. 이를테면 어떤 사람에게 받은 인상을 잘 설명하고 싶을 때 이런 식으로 말하는 것이다.

"얘는 꼭 싱싱한 무로 방금 무쳐놓은 깍두기 같네."

"걔는 별다른 고명을 올리지 않은 국수 같아. 밍밍한 듯해도 깔끔하고, 과한 구석이 없어."

"쟤는 낯선 향신료를 섞은 커리 같아. 처음엔 궁금했는데 맛보고 나니까 확 질려서 또 먹고 싶지는 않아."

그 말을 들은 나는 직관적으로 확 이해하게 된다. 복희씨가 설명하는 인물의 기질과 속성을 말이다. 내가 진행하는 글쓰기 수업에서도 그런 말들이 흘러나온다. 꼭 복희씨가 했을 법한 말을 무심코 내 입으로 한다. 어떤 아이가 써온 글의 분량이 너무 적고 내용이 부실할 경우 나는 '장을 너무 조금 봐온 글 같다'고 말한다. 다음주에는 재료를 더 풍성하게 구한 뒤에 써보자는 말도 덧붙인다. 또다른 아이는 꽤나 신선하고 재밌는 소재로 글을 써왔는데, 비문과 오자가 많고 문장이 어수선하며 일부 문단은 완성이 덜 돼 있다. 그럼 이렇게 피드백한다.

"특별한 재료들을 갖고 요리를 시작했는데, 손님들이 들이닥쳐 급하게 마무리하느라 접시에 엉망으로 옮겨 담은 글 같아. 먹다보니 덜 익은 부분이 있는 음식처럼 읽히기도 해. 다음엔 조금 더 일찍 쓰기 시작하면 어떨까. 마지막까지 성의 있게 다듬을 시간이 있도록 말이야. 이 글감이 품은 특별함을 다 살리지 못해 아쉬워."

그 말을 내뱉는 즉시 나는 부끄러움을 느낀다. 누구보다 내가 시급히 고쳐야 할 부분이라서 그렇다.

그런가 하면 평범한 소재로도 맛깔나는 글을 완성하는 아이도 있다. 다들 겪을 법한 흔한 일인데 그애의 손을 거치면 어쩐지 더 재밌고 만족스러운 글이 된다. 나의 글쓰기 스승은 그런 글을 '손이 달구어진 사람의 글'이라고 말하곤 했다. 글은 사실 머리도 가슴도 아닌 손으로 쓰는 것이라고. 쓰기를 반복적으로 훈련한 손만이 안정적이고 탄탄한 문장을 써낸다고. 그건 마치 요리를 하도 여러 번 반복해서 몇 가지 기본양념쯤은 손쉽게 만드는 사람의 손과도 같다. 그런 이는 순두부찌개나 비빔밥이나 콩나물국처럼 특별할 것 없는 메뉴로도 늘 평타 이상의 맛을 낸다. 한편 어떤 아이는 쓰다 만 글을 들고 오기도 한다. 아직 감당하기 어려운 이야기를 시작했다가 수습을 못한 것이다. 깜냥이 되지 않는 재료를 손댔는데, 칼질 도중 어찌해보지 못하고 도마 그대로 들고 온 모습과도 비슷하다. 그런 글에서는 독자를 부담스럽게 만들 비린내가 난다.

글쓰기에 임할 때 나는 복희씨로부터 보고 배운 부엌의 감각을 되살리곤 한다. 모든 글을 음식에 비유할 수는 없겠으나 어떤 재료를 손질하고 다듬고 익혀서 포만감을 느끼게 한다는 점에서 글쓰기와 요리는 닮아 있다. 음식을 만들고 먹고 치우며 나는 알게 모르게 문학을 배운다. 이 공부는 죽을 때까지 계속될 것 같다. 밥 혹은 언어와 무관한 삶은 없기 때문이며 우리는 모든 것으로부터 배울 줄 아는 존재이기 때문이다.

2019. 11. 18

형제 글방

◆

오, 형제여

○

    내 최초의 제자는 어느 형제였는데, 그 남자애들로 말할 것 같으면 깜찍하고 끔찍하리만치 영리했다. 나 역시 깜찍하고 끔찍한 교사였으니까 피차일반이지만 말이다.

    2014년 봄, 한 번도 글쓰기 수업을 진행해본 적 없는 스물세 살의 나에게 초등학생 형제가 어기적어기적 걸어왔다. 엄마 차에서 억지로 내린 듯했다. 그들의 정수리는 내 배꼽 높이를 조금 넘었다. 형은 열한 살, 동생은 아홉 살이었다. 글쓰기 따위엔 전혀 관심이 없어 보였다. 둘 중 형에 해당하는 열한 살 김채윤이 나를 위아래로 훑어보더니 물었다.

    "선생님, 대학생이에요?"

"응. 대학생이기도 해."

그의 볼살은 아주 빵빵하였으나 눈초리는 날카로웠다.

"그럼 선생님이 아니고 누나잖아요."

나는 말문이 막혔다. 머뭇거리는 사이 그가 훅 치고 들어왔다.

"누나라고 불러도 돼요?"

나는 다급하게 말했다.

"안 돼."

옆에는 김채윤의 동생인 아홉 살 김세윤이 있었다. 몸에서 베이비파우더 향이 나는 그가 내게 물었다.

"선생님은 작가예요?"

나는 잠시 생각해본 뒤 대답했다.

"아직은 아니야."

"책 낸 거 있어요?"

"아니. 없어."

"그럼 어떻게 선생님이 되었어요?"

"음, 그건……"

어려운 질문이었다. 나를 선생님으로 만든 건 나였기 때문이다. 카페 알바와 누드모델 말고 다른 일로 돈을 벌고 싶어서 스스로를 교사로 임명했다. '미슬*아, 너는 아마도 이 일을 잘할 수

---

* 미래의 슬아.

있을 거야!' 그러나 나 말고 나를 교사로 인정한 사람은 아직 아무도 없었다. 공식적인 경력도 자격도 없었다. 손에 땀이 났다.

"나는 잡지사에서 3년 일했고…… 신문방송학을 공부했고…… 한겨레신문이라는 곳에서 문학상을 받은 적이 있어."

열한 살 김채윤이 시니컬하게 물었다.

"신문에 선생님 글 같은 건 없던데요?"

뒤통수가 당겼다.

"그건 네가 신문을 열심히 안 봐서 그런 거겠지."

하지만 신문을 열심히 보는 나도 아직 내 글을 신문에서 보지 못했다.

형제는 한국에서 태어났지만 캐나다에서 유년기를 보내다가 돌아왔다. 그래서인지 영어와 한국어 사이에서 자주 말이 엉키곤 했다. 형보다 한국어가 더 서툰 아홉 살의 세윤은 연필이 땀에 젖을 만큼 힘주어 주먹을 쥔 채로 글씨를 썼다.

어느 날 세윤은 캐나다에서 있었던 일을 회상하며 뒤늦은 일기를 쓰는 중이었다. 그의 원고지에는 이런 첫 문장이 삐뚤빼뚤 적혀 있었다.

내가 칠곱 살 때의 일이다.

나는 웃음을 참고 점잖은 표정으로 '칠곱 살'을 '일곱 살'로 고쳐주었다. 세윤은 뭐가 틀린 거냐고 물었다.

"이렇게 쓰면 내년엔 팔넓 살이 될지도 몰라."

내 대답에 그는 한번 웃은 뒤 다음 문장을 썼다. 형제가 책상에 삐딱하게 기대어 글을 쓰는 동안 나는 책을 읽었다.

실은 책 읽는 척을 하며 두 남자애의 존재를 느끼는 중이었다. 축구를 하고 와서 그런지 땀냄새가 났다. 하지만 사춘기 남자애들의 땀냄새와는 달랐다. 아기 냄새가 섞인 고소한 체취다. 꼭 강아지 발냄새 같다. 글을 쓰는 아홉 살 김세윤의 입에서는 심심치 않게 웃음이 새어나왔다. 뭔지 몰라도 웃긴 문장을 쓰고 있다는 증거다. 나중에 검사해보면 밥을 너무 많이 먹은 얘기, 똥 얘기, 친구가 벌레를 먹은 얘기, 코난이 발가락 힘으로 비행기에 매달린 얘기 등이었다.

200자 원고지 세 장을 다 채우면 나는 형제에게 자기 글을 소리내어 읽을 것을 요구했다. 내 수업에서 낭독은 필수였다. 그들은 어쩔 수 없다는 표정으로 자기가 쓴 것을 읽기 시작했다. 나는 처음엔 눈을 감고 듣지만 중간엔 꼭 눈을 뜨게 된다. 웃겨서다. 어느 날 세윤은 '포경수술'이라는 제목의 글을 낭독했다.

포경수술은 아주아주 아픈 수술이다. 내가 겪었던 것 중 제일 아팠다. 원래 형아만 수술을 하기로 했는데 형아만 하면 싸울 것 같아서 같이 했다. 마취약을 발랐지만 형아는 울고 나왔다. 나도 마취약을

바르고 들어갔다. 나는 처음에는 참을 만했다. 그러나 맨 마지막엔

"아! 아! 아! 아아아아아아아아!!!"

아주 크게 소리를 질렀다. 조금 전 의사 선생님이 말했었다.

"이빨 뽑는 것보다 안 아파."

하지만 이빨 뽑는 것보다 아팠다. 나는 얼굴이 빨갛게 변했다. 금방이라도 폭발할 것 같았다. 나는 겁을 고추에 달았다.

고추를 수술해서 좋은 점도 있었다. 뭐냐 하면 아빠가 영화를 많이 보여준 것이다. 영화는 아바타, 맨 오브 스틸, 슈퍼맨 등을 봤다. 얼마 후 다시 붕대를 떼러 갔다.

"아아아아아아아아아!!!"

실밥을 떼기도 전에 너무 아플 것 같아서 소리를 질렀다. 끝.

그는 자기가 쓴 글을 읽고도 웃느라 정신이 없었다. 자기 글을 읽으면서 그렇게나 웃을 수 있다니. 나는 한 번도 그래본 적이 없었다. 그런가 하면 원고지를 앞에 둔 세윤의 눈에서 닭똥 같은 눈물이 뚝뚝 떨어진 날도 있다. 두 개의 언어 사이에서 틀리지 않고 한국어 문장을 쓰려니 고단했을 것이다. 나는 마음이 좀 아팠지만, 그의 젖은 눈과 훌쩍이는 코가 너무 예뻐서 잠시 어찌할 바를 몰랐다.

"왜 우는지 말해줄 수 있어?"

내가 묻자 그가 대답했다.

"글쓰는 게 짜증나니까 그렇죠!"

그 짜증이라면 나도 잘 알았다. 같은 이유로 울어본 나라서 이렇게 말하고 싶었다. 당장 그만 쓰자고, 글일랑 잊고 놀러가자고. 하지만 나는 돈을 받고 고용되어 형제들의 아파트에 방문한 출장 글쓰기 교사였다. 싫어도 해야 하는 일들이 세상에는 많았다. 그만 쓰자고 말하는 대신 나는 그가 여태껏 쓴 글이 얼마나 재미있는지를 이야기했다. 네 글을 읽고 웃지 않은 적이 없다고. 글로 누군가를 웃기는 건 엄청난 능력이라고. 그는 듣는 척도 안 하는 것 같았다. 그러다 이내 눈물을 닦고 연필을 꽉 쥔 채 글을 써나갔다. 웃지도 울지도 않고 쓰는 날도 있었다. 그런 날에 세윤은 이런 문장을 썼다.

바닷가에 놀러갔다. 모래성을 만들었다. 그런데 밀물이 와서 모래성이 망가졌다. 그래서 더 만들었다. 모래성이 내일까지 남아 있을까 안 남아 있을까 궁금했다.

세윤이 궁금한 건 그것 말고도 많았다.

할머니가 '흥부와 놀부'를 읽어주셨다. (…) 놀부는 왜 그렇게 욕심을 부리는 건지 궁금하다. 흥부는 얼마나 가난하길래 구걸을 하는지 궁금하다. 제비가 박씨를 어디서 구했는지 궁금하다. 톱도 없을 텐데 어떻게 박을 잘랐는지 궁금하다.

어떤 날엔 흥부와 놀부와 제비뿐 아니라 친구에 대한 의구심
도 문장이 되었다.

내 친구 김상우는 갑자기 이유 없이 이렇게 말한다.
"똥! 똥!"
그럼 나는 생각한다.
'얘가 왜 이러지?'

동생이 궁금한 게 많았다면 형은 기억하는 게 많았다. 세윤보
다 두 살이 많은 열한 살 채윤은 무엇을 먹으며 지냈는지를 언제
나 틀리지 않고 말할 수 있었다. 자신이 먹은 것뿐 아니라 남이
먹은 음식 메뉴마저도 잘 외웠다. 예전에 방문한 장소와 봤던 영
화의 디테일을 세세히 기억하는 건 물론이고, 내 얼굴이 평소와
다른 것도 알아봤다.
"오늘 엄청 빨간 립스틱 발랐네요."
어느 겨울날 내가 찬바람을 코트에 묻힌 채 형제의 방에 들어
갔을 때 채윤은 그렇게 말했다.
"어떻게 알았어?"
"컵에 살짝 묻어 있으니까요."

그야 당연히 내 입술을 보면 알 수 있는 것이겠지만 그는 굳이 컵에 묻은 색을 가리켰다.

"기억을 잘하는 사람은 유리해."

"뭐에 유리한데요?"

"글쓰기에."

그는 시시하다는 표정을 지었다. 내가 오늘의 글감을 던져주면 입을 쭉 내밀고 물었다.

"왜 그런 걸 써야 돼요? 그것에 대해서는 할말 없는데요?"

나는 그럴 줄 알고 준비해둔 두번째 글감과 세번째 글감을 말했다. 하지만 여전히 시큰둥한 채윤이었다.

"그것들에 대해서도 별로 할말 없어요."

뒷목이 살짝 뻐근해졌다. 채윤은 냉소의 힘을 아는 어린이였다. 젊은 교사를 무안하게 만들기에 충분했다.

그는 하나는 알고 둘은 몰랐다. 사실 할말이 너무 많은 인간이라는 걸 숨기지는 못했던 것이다. 먹은 것, 본 것, 들은 것, 배운 것, 아는 것에 대해 끊임없이 조잘대지 않고는 못 배기는 수다쟁이였던 것이다. 수다쟁이가 말 말고 글로 이야기하게 만들려면 교사는 그의 떠들고자 하는 에너지를 역이용하는 수밖에 없었다. 부루퉁한 얼굴에 많은 질문을 건넸다. 나는 못 먹어봤지만 채윤은 먹어본 음식에 대해서. 나는 못 가봤지만 채윤은 가본 장소에 대해서. 나는 못 만나봤지만 채윤은 만나본 사람에 대해서.

처음에는 짧은 대답이 돌아왔다. 짧은 대답을 징검다리 삼아 몇 가지를 더 물으면 채윤은 성가시다는 표정으로 긴 이야기를 들려주기 시작했다. 한창 재밌어질 때쯤 내가 끼어들었다.

"끝까지 말하지 말고 나머지는 글로 써줘. 중요한 이야기를 말로만 하면 힘이 약해지거든. 마무리는 꼭 글에서 지어줘."

그럼 채윤은 연필을 들고 글을 썼다. 역시나 싫다는 표정이었지만 매번 어찌어찌 완성했다. 가족과 음식이 자주 등장하는 이야기들이었다.

어제는 아침 일찍 일어났다. 거창에 가야 했기 때문이다. 우리 가족이랑 고모랑 차를 타고 갔다. 가는 길에 인삼랜드 휴게소에 들러서 아침을 먹었다. 나는 비빔밥, 세윤이는 돈까스, 예윤이는 세윤이의 돈까스 조금, 그리고 내 비빔밥에 있는 계란과 김 조금을 먹었다. 고모랑 엄마는 순두부찌개, 아빠는 김치찌개를 먹었다. 밥 다 먹고 나서 고모가 꽈배기와 마이쮸, 포카리스웨트를 사주셨다. 휴게소 앞 연못엔 붕어가 있었다. 아빠가 붕어밥을 사서 주었다. 붕어들은 서로 먹으려고 싸웠다. 우리는 휴게소를 떠나 고모할머니 댁에 갔다. 낫을 빌려서 친할머니, 친할아버지, 증조할머니, 증조할아버지, 고조할머니 산소에 들렀다. 우리는 귤껍질, 사과껍질, 사과씨, 옹쉘을 던졌다. 다음엔 점심을 먹으러 갔다. 갈비탕 하나랑 갈비찜 하나를 시켰다.

채윤은 입에 넣은 것을 아주 구체적으로 나열하며 글을 써나갔다. 깨알같은 데가 있는 작가였다. 가족들 사이의 상호작용을 서술하기도 했다.

우리 고모는 내 동생 예윤이를 좋아하고 예윤이도 고모를 좋아한다. 고모가 예윤이를 좋아하는 이유는 귀여워서다. 예윤이가 고모를 좋아하는 이유는 아이스크림을 사줘서인 것 같다. 고모는 얼마 전에 이사를 했다. 처음에 살던 집은 컸고 지금 집은 작다. 뛰어다닐 수 있는 큰 집으로 고모가 다시 이사했으면 좋겠다. 하지만 그러지는 않을 것 같다.

열한 살 채윤의 인생을 이루는 정보들을 나는 이런 식으로 알아나갔다. 나와 형제들은 무던하게 반복했다. '쓰게 만들기'와 '쓰기'를. 1년이 지나자 짧은 작문들이 꽤 쌓여 있었다. 성탄절 무렵 나는 형제들의 글을 모아 책을 만들어주기로 했다.

열한 살 김채윤의 책은 그가 "왜 그런 걸 써야 돼요?"라고 툴툴거리며 써내려간 날들의 결과물이었다. 그가 커다란 앞니를 드러낸 채 수다떠는 걸 종종 중단시키며 그 말을 문장으로 적자고 부득부득 설득한 결과이기도 했다. "왜 그래야 하는데요?"로 시작하는 김채윤의 질문 공격에 나는 가끔 할말을 잃었다. 그의 눈에 내가 얼마나 헐렁해 보일지 생각하면 자존심이 상해서 괜히 더 시뻘건 펜으로 맞춤법을 고쳐줄 때도 있었다. 채윤은 모르고 나만 아는 자격지심을 품은 채 굳은 표정으로 검사를 하던 어느 날, 옆에서 그의 노랫소리가 들려왔다.

"미안해 미안해 하지 마~ 내가 초라해지잖아~"

당시 인기차트에 올랐던 태양의 신곡 〈눈, 코, 입〉이었다. 채윤은 멜로디에 심취한 채 그 노래를 끝까지 불렀다. 옆에 있던 아홉 살 세윤은 "아, 시끄러워~" 하고 짜증내며 형을 말렸다. 하지만 나는 그 순간이 끝나기도 전에 그리워졌다. 머지않은 미래에는 채윤이 남들 앞에서 그렇게 노래하지 않을 것 같았기 때문이다. 눈치보지 않고 노래를 부르는 어른은 드무니까. 그날 나는 채윤의 공책에 괜히 별 다섯 개를 그린 뒤 'Perfect!'라고 적었다.

한편 아홉 살의 세윤은 옆에서 「나의 형에 관하여」라는 글을 썼다.

내 형아 김채윤은 나를 제일 괴롭히는 사람이다. 형아는 2004년에 6월 7일에 태어났다. 지금은 2014년이니까 형아는 11살이다. 키는 140cm를 조금 넘으며 안경을 썼다. 머리색은 검다. 형아가 좋아하는 음식은 초콜릿과 치킨이다. 어쩔 때는 하리보 젤리를 먹고 싶어서 엄마에게 말한다. "엄마. 나 하리보 먹어도 돼요?" 그리고 이럴 때도 있다. "미안해 미안해 하지 마~ 내가 초라해지잖아~" 그 노래를 부를 때면 정말 짜증난다.

채윤과 세윤이 서로를 다르게 증언한 결과도 책에 고스란히 담기로 했다. 세윤의 책 마지막 장에 실린 글은 다음과 같다.

미래의 나에게—아홉 살 김세윤

안녕. 지금은 2014년 12월이고 나는 9살이야. 오늘은 내가 쓴 글을 모아 책을 만들 준비를 하고 있어. 나는 지금까지 스물다섯 개 정도의 글을 썼어. 내 글쓰기 선생님 성함은 이슬아야. 책이 빨리 완성되면 좋겠어. 너는 꼭 내 글을 간직해줘.

이게 마지막 문장이었다. "너는 꼭 내 글을 간직해줘." 아홉 살 세윤이가 미래의 자신에게 한 말이지만 왠지 내게 내리는 지령처럼 읽혔다. 최초의 제자가 나에게 글쓰기 교사로서의 숙명을 알려주는 듯했다.

너는 꼭 내 글을 간직해줘.

너는 꼭, 내 글을 간직해줘.

그런 문장을 읽고 나니 책임감 같은 게 내 마음에 남았다. 낯선 책임감이었다. 알았다고 대답해야만 할 것 같았다.

당연히 완수해야 할 임무를 맡은 사람처럼 형제들의 책을 편집하고 제작했다. 그들의 가족들과 친척들에게 나눠줄 수 있도록 넉넉히 인쇄했다. 이전에는 그런 일을 해본 적이 없었다. 나 아닌 다른 사람의 글을 공들여 기억하고 기록하고 다듬는 일 같은 건 말이다. 아무 연고도 없는 어떤 형제에게 자꾸 이야기를 하라고 시키고, 그들 인생의 디테일을 모으고 격려하고 칭찬하고, 어떤 부분에서는 입을 다무는 그런 일이 직업이 될 거라고는 생각해본 적 없었다. 마지막 수업날에 형제는 짧은 편지를 건네주었다. 삐뚤빼뚤한 글씨로 적힌 단 하나의 문장이었다.

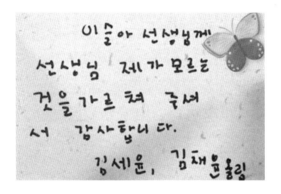

내가 그들에게 그대로 돌려주고 싶은 말이기도 했다. 내가 모르는 걸 가르쳐줘서 고마워. 몰랐던 이야기를 잔뜩 들려주고 써줘서 고마워. 어떤 건 내가 알 것 같은 이야기이기도 했어. 어떤 글에 피드백을 적기 위해서는 내 삶의 경험치를 총동원해야 했어. 그걸 다 동원해도 모르겠는 이야기도 있었어. 더 잘살아야 할 것 같았어. 계속 글쓰기 교사가 되려면 정말 그래야 할 것 같았어.

2019. 7. 9

소년의 마음으로 쓰는   소년의 글

○

박민규 작가가 말하길, 좋은 글은 두 가지로 나뉜댔다. "노인의 마음으로 쓴 소년의 글" 혹은 "소년의 마음으로 쓴 노인의 글". 이건 "투명한 밤하늘만큼이나 명료"한 기준이며 그 나머지엔 모두 아차상을 주겠노라고 그는 썼다.*

나의 학생들이 소년의 마음으로 쓴 소년의 글에서 벗어나려는 순간을 종종 본다. 조금만 주의를 기울이면 알아챌 수 있다. 어떤 얘기를 하려다 말 때. 말 못 할 이유로 당장의 솔직함을 포기할 때. 남 탓만 할 수 없을 때. 가장 원망스러운 건 자기 자신일 때.

---

* 2010년 제34회 이상문학상 수상작품집 『아침의 문』(박민규 외, 문학사상, 2010)에 실린 박민규 작가의 문학적 자서전 「자서전은 얼어죽을」에 쓰인 문장이다.

아이들은 복잡한 마음으로 문장을 썼다가 지우고 고친다. 그렇게 쓴 것들은 아주 조금 노인의 문장처럼 보인다.

어느 날은 한 아이가 글을 완성해놓고도 나에게 보여주지 않았다. 그 원고지에 어떤 이야기가 적혀 있는지 나는 지금까지도 모른다. 그저 다음주에 쓴 이야기는 내게 보여주고 싶어지기를, 나를 안심해도 되는 독자로 여겨주기를 바라며 애쓸 뿐이다. 10대들 앞에 글쓰기 교사로 서는 건 마음놓아도 되는 어른이 되는 연습 같다. 아이들이 비밀과 죄책감을 쌓으며 어른이 되어갈 때 정서적으로 비빌 언덕 중 하나일 수 있도록 말이다.

『소년의 마음』이라는 그림책이 있다. 여느 소년들처럼 그 책 속의 소년도 슬픔과 그리움을 겪으며 자라난다. 그는 엄마가 아빠와 싸운 뒤 만드는 카레의 맛을 안다. 그 카레는 맛이 없다. 미움이 들어가서 그렇다고 소년은 생각한다. 또한 소년은 죽음이 두렵다. 엄마와 아빠가 죽을까봐, 누나들이 죽을까봐, 자기가 죽을까봐 두렵다. 돌아가신 할머니를 생각하면 막 눈물이 난다. 소년은 울면서 엄마에게 묻는다. "엄마, 어차피 다 죽는데…… 나를 왜 낳았어?"

비슷하지만 다른 질문을 하는 노래도 있다. 뮤지션 신승은이 쓰고 부른 〈쉿덩이〉라는 노래다. 노래는 부모에게 이렇게 묻는다. 누군가를 아프게 하는 나 같은 사람을, 도대체 왜 낳은 거냐고. 아이가 '이런 세상에 왜 나를 태어나게 했냐'고 물었다면, 어른은

'이런 나를 왜 세상에 태어나게 했냐'고 묻는다. 〈쇳덩이〉의 가사를 처음부터 끝까지 옮겨적어본다.

숨이 잘 쉬어지지가 않아
영화 속에서 본 것 같은 쇳덩이가
왜 나의 가슴팍 위에 자리잡고 있는지
숨을 왜 잘 못 쉬고 있니
네가 물었고
솔직히 말하고 싶었지만 쇳덩이가
왜 너의 가슴팍 위에도 자리잡고 있는지
다른 색깔 다른 모양 다른 무게의 쇳덩이
서로가 들어줄 수 없는 딱 그 모양의 쇳덩이
왜 태어난 건지 모르겠어
엄마 아빠 서로 사랑하지도 않았는데
누군가를 아프게 하는 사람을 도대체 왜 낳은 건지
어쩌면 거기서부터 난 잘못되어 있는 건지
다른 색깔 다른 모양 다른 무게의 쇳덩이
포옹을 할 때마다 귀를 닫고서 했었지
사랑을 잘해보고 싶어
깨끗하고 행복한 사랑
애초에 내게 불가능한 일이라고

누가 나서서 말해준다면
오늘부로 깨끗이 포기할 텐데
너의 뒤통수를 만지는 일도
함께 아침을 차려 먹는 일도
논쟁을 하다 와락 껴안는 일도
어쩌면 나의 상상 속의 행복 속의
상상 속의 행복 속의 상상 속의
행복이었다고
아무 소리도 나지 않는 포옹을 꼭 해보고 싶어

횡단보도에서 신호를 기다리며 서 있다가 이 노래가 흘러나와 나는 눈물을 훔치며 길을 건넜다. 아무 소리도 나지 않는 포옹을 해보고 싶다는 말을 이해할 수 있었다. 내 가슴팍 위 쇳덩이에 관해 솔직히 말해보려던 참에 상대방의 가슴팍 위 쇳덩이도 보여 입을 다물던 순간들이 떠올랐다. 어쩌면 그건 어른이 되는 감각 같았다. 내 것 아닌 쇳덩이의 색깔과 모양과 무게도 알아보는 안목. 서로 들어줄 수 없음을 알고 귀를 닫은 채 하는 포옹.

이 가사는 노인의 마음으로 쓴 소년의 글일까. 혹은 소년의 마음으로 쓴 노인의 글일까. 아니라면 노인의 마음으로 쓴 노인의 글일까. 잘 모르겠다. 소년의 마음으로 쓴 소년의 글이 아니라는 것만 알겠다. 그래서 아이들이 소년의 마음으로 쓴 소년의 글을 벗어나려고 할 때 나는 복잡한 심정이 된다. '아마도 너는 이제부터 더 깊고 좋은 글을 쓸 거야. 하지만 마음 아플 일이 더 많아질 거야. 더 많은 게 보이니까. 보이면 헤아리게 되니까.' 속으로만 생각한다. 그래도 살아갈 만한 삶이라고, 태어나서 좋은 세상이라고 학생들에게 말해주고 싶다. 그런 세상의 일부인 교사가 되고 싶다.

2019. 7. 1

탄생과 거짓말

○

우리는 이야기의 영향을 받으며 살아간다. 남에게 들은 이야기뿐 아니라 자신이 한 이야기 때문에 달라지기도 한다. 때때로 글쓰기는 본인에 관한 농담과 거짓말을 지어내는 일이다. 과장하고 축소하고 생략하고 건너뛰고 덧붙이며 스스로를 위한 진실을 세공한다.

2015년의 어느 글쓰기 수업에서 내가 아는 탄생설화 중 몇 가지를 아이들에게 들려주었다. 한라산에 걸터앉아 제주도를 창조한 설문대할망과, 알껍데기를 깨고 태어난 주몽과, 갈라진 제우스의 머리에서 황금 무장을 한 채 등장한 아테나의 이야기를 손발 휘저으며 설명했다. 아이들은 여느 때처럼 심드렁하게 곁눈질로 나를 보았다. 나는 칠판에 '나의 탄생설화'라고 적었다. 내가 그들에게 묻고 싶었던 건 각자의 기원起源에 관한 해석이었다. 자기 몸과 영혼이 어디에서 왔다고 생각하는지, 혹은 어떻게 믿고 싶은지 궁금했다. 낳아달라고 한 적 없는데 이 세상에 왜 태어난 것이며, 혹시 그 의미를 찾았는지도 궁금했다. 칠판에 적힌 글감을 보고 열 살 조이한은 글 한 편을 휘리릭 완성했다. 제목은 '조이한의 탄생신화'. 전문은 이렇다.

난 하늘에 있었다. 내 앞에는 부처님과 하느님과 오방신, 저승사자, 예수님, 할락궁이, 터주신, 제우스, 알라신, 자연신 등 여러 신이 있었다. 난 신들한테 말했다. "저기요." 그러자 신들이 내게 말했다. "가라." "어디로요?" "너희 엄마 뱃속으로." 갑자기 문이 내 앞에 생겨났다. 들어가자 우리 엄마 뱃속이었다. 신들이 말했다. "이제 너의 수명은 예전과 다르다." 그 순간 내가 태어났다. 태어나자 우리 엄마가 보였다. 좋아서 "응애 응애" 하고 울었다.

원고지에 삐뚤삐뚤한 글씨로 적힌 이 글을 열 살의 조이한과 킥킥대며 읽었다. 본인에 관해 마음에 드는 루머 하나를 막 창조한 그는 무엇이든 쓸 준비가 된 것처럼 보였다. 나는 그에게 또다른 버전의 탄생신화도 한 편 더 써달라고 했다. 이번에는 엄마와 아빠를 인터뷰한 뒤 완성할 것을 요청했다. 그러자 다음주에 조이한은 이런 글을 써왔다.

옛날에 엄마랑 아빠는 63빌딩에서 커피를 마셨다. 엄마가 전해준 말이다. 둘이 무슨 얘기를 했냐면, 엄마가 아빠에게 "너 시간 있니?"라고 물었다. 아빠는 "응"이라고 대답했다. 엄마가 물었다. "나랑 결혼할래?" 그러자 아빠의 영혼이 찬물에 적셔진 것처럼 놀랐다.

나는 이 대목에서 깜짝 놀라 질문하지 않을 수 없었다. 영혼에 대한 느낌을 아빠께서 이렇게나 멋지게 설명해주신 거냐고. 조이한은 딴 데를 보며 "그냥 제가 상상한 다음에 써봤어요"라고 답했다. 사랑하는 사람들에 관해 쓰다가 그는 얼떨결에 자기 아닌 다른 존재로 잠시 확장되었던 것이다. 아까의 글은 이렇게 끝난다.

시간이 지나고 둘은 쇼핑, 싸움, 사랑 등등을 하게 됐다. 그러다 아이가 태어났다. 이제 그 아이는 어떻게 될까?

"그러게 말이야. 어떻게 될까?" 내가 묻자 조이한은 "이제 끝났죠?"라고 묻더니 부리나케 놀러 나갔다. 원고지랑 연필도 안 챙기고 뛰쳐나갔다. 나는 책상에 혼자 남아 그가 예전에 썼던 글을 다시 읽었다. 제목은 '거짓말'이었다.

언젠가 방귀를 뀌었는데 안 뀌었다고 거짓말했다. 엄마가 잘해줬는데 잘 안 해줬다고 거짓말했다. 거짓말 안 했다고 거짓말했다. 그 밖에도 이상한 거짓말을 했다. 거짓말은 아빠한테도 있고 엄마한테도 있고 할머니, 할아버지 등 모두한테 있다. 그러니까 모두 쓰는 말이라는 거다. 너무 나쁘게는 생각하지 말아야 한다.

조이한은 내 수업이 끝나기만을 기다리는 학생이었지만 나는 글쓰기 교사여서 다행이라는 생각을 했다. 그의 거짓말을 수호하는 과목은 글쓰기가 유일하기 때문이다. "모두가 그저 각자 몫의 삶만 산다면 신화 같은 것은 필요하지 않을 것"*이라고 조지프 캠벨은 말했다. 우리는 자신과 세상을 죄다 이해하기가 벅차서 허구를 이야기하기도 한다. 좋은 거짓말에는 빛도 어둠도 풍부하게 담겨 있다. 그와 함께 지어낸 거짓말로 진실 쪽을 가리키고 싶었다.

2019. 3. 11

* 조지프 캠벨·빌 모이어스, 『신화의 힘』, 이윤기 옮김, 21세기북스, 2017.

여수 글방

무엇이 야
        한
        가

○

     20대의 대부분을 출장 글쓰기 교사로 일했다. 서울에서 여수까지 갔다. 왜 그렇게 멀리 갔냐면 나를 글쓰기 교사로 불러주는 사람이 서울에는 없었기 때문이다. 20대 중반의 주말이 기차에서 죄다 흘러갔다. 속절없는 왕복 여덟 시간짜리 출퇴근을 반복한 지 4년째 되던 어느 날, 열세 살 남자애 김온유가 내게 원고지를 들고 왔다. 그는 주로 레고와 슬라임과 유튜브에 대해 쓰는 필자인데 웬일인지 그날은 나에 대해 썼다. 나는 어리둥절해하며 그것을 읽었다. 제목은 '글쓰기 선생님의 패션'.

글쓰기 수업에 처음 와서부터 지금까지 가장 특이하다고 생각되었던 것은 이슬아 선생님의 패션 스타일이다. 한두 번 정도 만났을 때에는 '치마나 타이트한 옷은 잘 안 입으시는군'이라고 생각했는데 다음 수업엔 뜬금없는 옷을 입고 오신다. 심장에 겁이 박힌 느낌이 들 정도로 가장 특이했던 패션은 컷트 머리에 청색 멜빵바지였다. 슈퍼 마리오 느낌 나서 괜찮다고는 생각했지만 여수에 살면서 그렇게 파격적으로 입는 분은 처음 봤다. 또 이슬아 선생님은 솔직히 옷이 너무… 야하다. 꼭 후레시맨 역할극 하는 옷 같다. 그런 패션으로 몇 년을 같이 수업하다보니 머릿속엔 이슬아 선생님 하면 컷트 머리와 야하거나 다음 옷을 예측할 수 없는 뜬금없는 패션이 떠오른다. 살짝 드래곤볼의 부르마 같다.

김온유의 눈에 비친 내 모습이 너무나 이상하고 웃겨서 나는 인상을 쓰며 웃었다. 싫으면서도 웃길 때 짓는 그 표정 말이다. 원고지를 제출한 김온유는 딴짓을 하며 옆에 서 있었다.

나는 그에게 물었다.

"그렇게 특이해?"

그가 딴 데를 보며 대답했다.

"네, 좀……"

이해할 수 없었다. 나로선 최대한 평범하게 입고 간 것이기 때문이다. 볼펜을 들고 띄어쓰기와 맞춤법을 고쳐주었다. "너무… 야하다"라는 문장 속 말줄임표를 뺄까 하다가 그냥 뒀다. 차마 말을 못 이어갈 때, 혹은 도무지 적절한 표현을 찾기 어려울 때 나도 말줄임표를 쓰곤 한다. 내 옷차림을 본 김온유의 입장도 비슷했을지 모른다.

내 옷차림 정도는 딱히 야하거나 특이한 축에 들지 않는다는 걸 그가 언제 알게 될지 궁금했다. 겨울철이라 교실은 건조했고 그의 검은 반곱슬 머리칼이 부스스하게 삣치고 있었다. 그는 어린이와 청소년 사이에 서 있는 듯했다. 맨 아래엔 선생님의 코멘트를 적어줘야 했는데 뭐라고 할지 잘 생각나지 않았다.

"온유야, 유심히 기억해줘서 고마워. 나는 사실 부르마를 엄청 좋아해. 후레시맨이랑 슈퍼 마리오도……"

그렇게만 적고 원고지를 돌려주었다. 그는 자기 자리로 돌아가 유튜브를 시청했다.

또다른 날에는 책을 읽어오는 숙제를 내줬다. 그때 내가 고른 책은 마르잔 사트라피의 『페르세폴리스』였다. 그림도 이야기도 재미있는 책이라 모두가 좋아할 게 분명했다. 책을 다 읽은 뒤 쓰고 싶은 내용을 쓰고 싶은 만큼 써오기로 했다. 거의 모두가 숙제를 해왔고 그중 김온유의 감상문은 다음과 같았다.

오늘은 이슬아 선생님이 추천해준 <페르세폴리스>를 읽었다. 읽어보니

이 책은 내 스타일이 아니었다. 이란이 국적인 마르잔이라는 아이의 생애를 책으로 쓴 것인데 욕과 폭력이 들어가고 좀 야하다. 그러고 보니 이슬아 선생님이 추천해주신 책은 대부분 야하고, 폭력과 욕이 들어가 있다. 특히 이번 <페르세폴리스>는 정말 야한데다 쌍욕과 폭력이 심각하게 들어가 있다. 난 이 책이 우리에게 무슨 도움이 되는지 아직도 잘 모르겠다. 정말 이상한 책이다.

겸연쩍어진 나는 김온유에게 물었다.

"이 책이 뭐가 야해?"

김온유는 대답 대신 딴청을 피웠다.

나는 그의 나이를 지나왔지만 그는 내게 완전히 미지의 존재였다. 야한 것과 야하지 않은 것을 구별하는 그의 척도를 알 수 없었다. 욕이 포함된 대사와 폭력이 포함된 장면이 간혹 등장했으나, 필요한 곳에 필요한 만큼만 배치되어 있으므로 큰 염려 없이 추천할 수 있는 책이었다. 하지만 야하다고 할 줄은 난 정말로 몰랐던 것이다.

다음번엔 욕도 폭력도 야함도 없는 책을 골라야겠다고 다짐했다. 하지만 무엇이 야하고 야하지 않은가. 이제 와서 후레시맨을 생각해보면 우스꽝스럽지만, 사실 난 초등학교 때 후레시맨이 야하다고 생각했다. 부르마는 반대다. 어렸을 땐 별생각 없었는데 커서 다시 보니까 엄청 야했다. 슈퍼 마리오는 그때나 지금이나 웃기기만 하다. 『페르세폴리스』는 언제 봐도 명작이다.

　이랬다저랬다 하며 자라나는 나처럼, 언젠가는 김온유도 야하다는 말을 다른 곳에 쓸 것이다. 내 옷차림이나 마르잔 사트라피의 만화와는 다른 대상이 미래의 그에게 생길 거라고 짐작하며 나는 다른 추천도서를 찾아나섰다. 그치만 어떤 책을 고르든 내 예상과 다르게 읽는 아이가 꼭 있었다. 그들의 눈에 무엇이 재밌거나 슬프거나 야한지 나는 끝내 정확히 예측할 수 없었다.

2020. 5. 24

<설명서>

나와 같은 친구에게 쓰는
인생 사용 설명서

김온유

안녕 친구야! 난 너와 같지만 나이만 다른 온유야. 이 설명서를 꼭
읽어야해! 먼저 학교에서 친구가 많아
야 하는데 친구가 많게 하는 방법은 7
가지가 있어. 첫째는 인상 좋게 피고, 친구
와 잘 통하는 것이야. 두번째는 관종처럼
패기있는 짓거리를 하는 거야. 세번째는
게임을 잘해도 친구가 많아지고, 네번째
방법은 학교 숙제를 멋지게 하는 것이야.
다섯번째 방법은 운동을 잘하면 돼,
여섯번째 방법. 공부를 잘하면 돼.
마지막 일곱번째 방법은 잰 따같이 있으
면 안돼 여기서 주의 할점은 친구한

여수글방
김온유

테 막 화내거나 성짐이 쪼만해요 한번
에 왕따가 될 수 있지. 그리고 질대
깡패 같은 일진은 돼면 안 돼. 학고 회
날 닮았다면 이건 꼭 지켜야해. 남자
신생님한테 좀 잘 동하면 좋고, 학교
빠지고 체험학습 갈땐 보고서게 자세히
글 밥 많게 적는게 좋아.
　카메라도 꼭 사는게 좋아. 그죠 오나
디카 다 괜찮아 그리고 편집 기술도
잘 익혀 봐야해 6학년을 가면 영상을
이용해 숙제하는게 많아. 여기서 숙제
를 잘 해보면 인기스타가 (돼)
이 인생에서 꼭 봐야 하는 것도 있거.
바로 윳튜브아 게임이야. 게임은 적당히
하는게 좋고 윳튜브는 꼭 봐야해 이있
는 학교가면 알거야 아 그리고 윳튜
브를 ✓해보는 것도 좋아. 영상 올려서 그
회수 2만~3만이 넘으면 광고 올려서
돈도 벌어보고. 그 뿌듯함도 느껴봐.
　인생에서 주의할 정도 있어. 절대

친구가 많게 하는 법은,
관종처럼 때기 있는 짓거리를 하는 거야.
그리고 절대 깡패 같은 일진은 되면 안 돼.

문제 해결의 경험치

○

　　나의 학생들은 문제를 마주했던 순간에 대해 서로 증언하곤 한다. 열 살 김지온은 이렇게 썼다.

5년 전 일이다. 침대 위에 앉아서 휴대폰에 달린 조그마한 장식용 하트를 만지작거리고 있었다. 나는 그 야광 하트가 좋아서 조금씩 입 쪽으로 가져갔다. 그러다 야광 하트는 내 목구멍으로 꿀꺽 넘어가고 말았다. 순간 좀비 영화에서 다른 사람은 모두 도망치는데 나 혼자 좀비떼에 물려 뜯기는 기분이 들었다. '죽는구나!'라는 생각이 들었다. 엄마들이 왜 '아무거나 입에 넣지 마'라고 하는지 알게 되었다. 엄마한테 소리쳤다. "물 줘! 빨리!"

그래서 어떻게 되었을까? 물을 가져다준 엄마에게 방금 일어
난 돌발 상황을 털어놨을까? 김지온은 그러지 않았다. 자신만 알
기로 선택한 것이다.

엄마한테 야광 하트를 삼켰다는 걸 숨긴 이유는 수술할까봐였다.
한 달 뒤에 엄마에게 이렇게 물었다. "엄마, 수술하면 아파?" 엄
마는 아프다고 했다. 1년 뒤에야 나는 사실을 엄마에게 고백했다.
다섯 살에 삼켰고 지금은 열 살이니까 야광 하트는 5년간 내 뱃
속을 돌아다녔을 것이다.

그렇게 숨긴 자잘한 문제들이 내 유년에도 있었다. 엄마 물건
을 혼자 가지고 놀다가 망가뜨려놓고는 함구한 적. 원감 선생님
의 도시락 잔반 검사를 피해 몰래 토란을 남기고 감춘 적. 분명
은폐였다. 큰 피해를 막기 위해 작은 위험을 감수하는 방식이자
갈등을 덮어놓는 임시방편이었다. 어째서 회피는 누가 가르쳐주
지 않아도 저절로 하게 되는 걸까. 고통과 두려움을 피하려는 게
우리의 본능 중 하나이기 때문은 아닐까. 어느 연령대나 두려움
을 가지고 살아가지만, 문제를 해결해본 경험이 누적될수록 익숙
한 갈등에 대해서는 면역이 생기기도 한다. 2016년에 열세 살이
던 양휘모는 이렇게 썼다.

가끔 엄마에게 혼나고 혼자 있을 때면 이런 노래를 부른다. "어차피 화해할 인생~ 엄마는 나를 좋아하니까 밤이 되면 괜찮아지겠지~" 하며 나 자신을 위로한다.

어떤 태평함과 담담함이 양휘모의 문장에서 느껴진다. 엄마에게 혼난 게 이번이 처음은 아닐 테니 말이다. 그는 여러 번의 반복을 통해 알고 있는 듯하다. 낮에는 싸웠던 우리지만, 밤이 오면 화해하게 될 거라고. 왜냐하면 엄마는 나를 좋아하니까. 나 또한 엄마를 좋아하니까. 사랑의 확신 때문에 그는 자신을 위로하는 노래도 지어 부를 수 있다. "어차피 화해할 인생"이라는 가사를 쓰는 건 그가 지금의 속상함에 매몰되지 않고 앞날을 내다보는 사람이라는 증거다. 양휘모가 한살 한살 자라날수록 그를 무너뜨릴 수 없는 문제들이 더 많아지기를 나는 소망한다.

하지만 아무리 자라도 한 사람이 천하무적이 되는 기적은 잘 일어나지 않는다. 여전히 새로운 문제로 새롭게 괴로워할 테고 새로운 만회의 방법을 배워나갈 것이다.

열일곱 살의 나사라는 아이는 필리핀에서 한 친구와 싸웠다가 화해한 일을 회상하며 이런 글을 썼다.

나는 상철이에게 다가가서 소리쳤다. "야! 네가 우리 진실게임한 거 말하고 다녔냐?" 상철이는 나를 신경쓰지 않았다. 나는 더 부글부글 끓어서 "네가 진실게임 말하고 다녔냐고!" 하며 상철이의 어깨를 살짝, 아니 조금 힘을 실어서 쳤다. 그러자 상철이가 "나 치지 말라고!" 소리치며 내 몸을 한 바퀴 엎어치기했다. 3학년 형들이 달려와 우리 둘을 떼어놓았다. (…)

어느 날 상철이는 나에게 다가와 선데이마켓에 대한 정보를 알려주었다. 마켓은 더웠고 붐볐고 복잡했고 시끄러웠다. 어지러운 혼란 속에서 나는 상철이 뒤만 졸졸 따라갔다. 걔는 많이 와본 사람답게 성큼성큼 걸었다. 좋은 망고와 좋은 수박이 뭔지 알려줬다. 우리는 과일을 한가득 샀다. 학교로 돌아와서 함께 나눠 먹었다. 무너진 장벽 위로 꽃이 피는 느낌이었다. 상철이가 선데이마켓을 알려줬을 때 순간적으로 내 마음의 벽이 허물어졌다. 그래서 같이 가자고 했고 즐겁게 쇼핑을 하고 놀았다.

그런데 상철이의 의사는 들어보지 않았다. 상철이가 '콜'하긴 했지만 당황스러워서 거부를 못한 것일 수도 있다. 마켓에 있는 내내 나는 즐거웠어도 상철이는 시간이 빨리 지나갔으면 하는 마음이었을 수도 있다. 물론 지금은 아주 가깝게 지내는 친구지만 그때 상철이는 나와 다른 마음일 수도 있다는 걸 잊지 않는다.

나 사는 아는 듯하다. 관계가 회복되어도 때로는 상처 부위가 아주 말끔히 사라지지는 않는다는 것을. 상대방이 "나와 다른 마음일 수도 있다는 것을 잊지 않는" 그의 문장을 잊지 않고 싶다.

그 가능성을 겸허히 받아들이는 사람만이 다음 문제도 성숙하게 해결할 수 있을 것이다.

2019. 7. 1

주어가 남이 될 때

○

　　'나는'으로 시작하는 글을 아이들은 자주 쓴다. 일단은 자신이 주어인 문장으로 글쓰기를 배워나가는 것이다. 2017년에 열다섯 살이었던 김서현이라는 아이는 원고지에 이렇게 적어서 들고 왔다.

　나는 모든 음악에 맞춰 춤을 출 수 있다. 또 나는 친구와 면산으로 가는 수다를 떠는 걸 좋아한다. 그리고 나면 새로운 정보를 알게 되고 사이가 더 돈독해지는 느낌이 든다.

　　고작 세 문장이지만 나는 이 글의 화자가 조금 좋아지고 말았다. 누군가와 한참을 말하고 듣다가 해 지는 줄도 몰라봤던 사람만이 '먼산으로 가는 수다' 같은 표현을 쓸 수 있다. 만약 친구가 된다면 그로부터 경쾌한 여유를 나눠 받을 게 분명했다. 앞의 글은 또 이렇게 이어진다.

> 내가 가장 사랑하는 사람은 내 영원한 베스트 프렌드 김찬영이고 가장 싫어하는 사람도 김찬영이다. 김찬영은 나랑 세 살 차이 나는 남동생인데 게임과 노래를 좋아한다. 찬영이 가수가 되면 좋겠다.

'나'였던 주어가 남으로 슬쩍 넘어갔다. 그 대상은 애증의 남동생이다. 가장 싫어하는 남이자 영원한 베스트 프렌드라니. 이 간극에서 관계의 탄력을 본다. 언제까지나 너와 가까운 친구일 거라는, 흔들리지 않는 전제 위의 다툼은 금세 회복되기 마련이다. 한껏 팽팽하게 늘어났다가도 빠르게 돌아오는 고무줄 같은 탄력이 남매 사이에 있는 듯하다. 김서현은 세 살 어린 남동생이 무엇을 좋아하는지 간단히 적은 뒤 가벼운 소망을 덧붙인다. 화자에 비해 동생이라는 인물은 아직 구체적이지 않다. 이름과 피상적인 정보만으로는 원고지 위에서 생생하게 살아나기 어렵다.

매주 한 편의 글을 완성하며 몇 개의 계절을 통과하다보면 아이들은 어느새 다른 인물에게 숨을 불어넣는다. 숨을 불어넣는 방식 중 하나는 큰따옴표다. 아이들이 주어를 남으로 설정한 뒤

큰따옴표를 쓰는 순간을 나는 눈여겨보게 된다. 그건 다른 사람의 말을 거의 외워야 가능한 일이기 때문이다. 자신이 했던 말만 기억해가지고는 큰따옴표를 잘 사용하기 어렵다. 같은 해에 김서현은 아래와 같은 글을 썼다. 제목은 '이사'다.

다음주면 이사를 간다는 걸 알았을 때 나는 신이 났다. 하지만 엄마는 한숨을 쉬며 혼잣말을 했다.

"안방에 있는 침대를 들고 갈까, 두고 갈까? 들고 가기엔 이사 갈 집 안방이 너무 작은데. 이 침대가 푹신해서 좋긴 좋지만 두고 가야겠다. 애들 침대만 가져가야겠어."

그다음에 엄마는 소파를 생각했다.

"이 소파는 어떡하지? 가죽도 다 벗겨지고 오래됐는데. 가서 새로 사든지 해야겠다. 냉장고는 어쩌지? 거의 고장이 났는데. 새로 사기엔 돈이 너무 아까운데… 그나저나 서현이 방 책상은 어떡할까? 새 집에 들어가려나? 들어가겠다! 에어컨은 가져갈까? 집이 작아서 잠깐만 켜도 시원해질 테니까 가져가야지. 찬영이 인형들은 짐 되니까 그냥 버릴까? 아니야. 자기 돈으로 열심히 모은 건데 챙겨가자. 냄새나는 저 햄스터들은 누구한테 줘버릴까? 에이, 그냥 데려가자. 커튼은 삶아서 가져갈까? 그냥 이사 간 다음에 세탁해야겠다."

엄마는 혼잣말을 마친 뒤 우리에게 소리쳤다.

"얘들아! 엄마 이제 이사박스에 물건 챙길 테니까 너희도 정리 시작해!"

이삿날이 오자 나랑 동생은 아침부터 새집에서 혼신의 힘을 다해 놀았다. 짜장면도 먹었다. 옆집에 사는 아림이 언니랑도 놀았다. 이 집에서는 좋은 일이 생길 것 같았다. 물건들은 빠진 것 없이 무사히 옮겨졌다. 엄마의 잔소리와 혼잣말은 중요하다.

이사를 앞둔 어른의 혼잣말은 길고도 길다. 신경써서 챙겨야 할 게 얼마나 많은지 집도 마음도 어수선해 보인다. 김서현과 김찬영은 이사의 고단한 부분에는 참여하지 않은 듯하다. 짜장면을 먹고 '혼신의 힘을 다해' 놀기만 한다.

하지만 이 사실을 놓쳐서는 안 된다. 그가 노는 와중에도 엄마의 혼잣말을 죄다 적었다는 점이다. 일하고 살림하고 이사라는 거사를 치러내는 한 어른의 흔적이 아이의 글에 적혀 있다. 글쓰기 수업에서 문득 떠올렸을 것이다. '그때 엄마가 뭐라고 했더라?' 하며 엄마의 대사를 되살렸을 것이다. 틀리게 옮기지 않으려 과거를 유심히 돌아봤을 것이다. 어쩌면 이런 작업이 글쓰기의 가장 좋은 점일지도 모르겠다. 무심코 지나친 남의 혼잣말조차도 다시 기억하는 것. 나 아닌 사람의 고민도 새삼 곱씹는 것. 아이들이 주어를 타인으로 늘려나가며 잠깐씩 확장되고 연결되는 모습을 수업에서 목격하곤 한다.

2019. 6. 3

〈 설명서 〉

서현아

김서현

너는 지금 한려초에 간 걸 후회하고
있겠다. 한창한 어느여름 11층 학원을
가기 전 갑자기 비가 내릴때가 있을꺼
야. 그 때 우산없다고 신나 하지 말고 공
중전화부스에 들어가 비를 피하길 바래.
그 날 너가 춤을 추는 바람에 16년
간 후회하고 있어. 덕분에 좋은 소재가
생겼지만 말이야. 어려서부터 너는 너무
건강해서 감기에 걸리진 않을꺼야. 그리
고 ~~4학년 너가 처음 해외여행을~~ 갔었 (삼개학년때)
차. 가서 이상한 장난감 같은 걸 사지
말고 ~~예쁜~~ 옷을 사온 길 바래 아니면 ~~T~~
달려아트에서 ~~파튼~~ 곤불이 받대 울병도
좋아. 그리고 처음 인터넷에서 옷을 시

갑자기 비가 내릴 때가 있을 거야.
그때 공중전화부스에 들어가 비를 피하길 바래.

성적이 낮아도 좌절하지 마.
성적 그따위가 뭐라고 널 울리겠어.

길 때 그 때 밀리는 옷을 사지 말고,
평소에 잘 입을 수 있는 심플한 옷을
사긴 바래 핑크는 절대 안 돼.
    성적이 낮아도 좌절하지 마. 성적 그
따위가 뭐라고 넌 울리겠어. 담에 더
잘 보면 돼 아빠에게 많은 사랑을 줘
12살 때 군산으로 일을 가신 뭐 우리 아
빠는 요즘 외롭다고 해 정말 집착하는
정도로 아빠를 사랑해줘. 뭐 이것들만
해준다면 넌 후회없이 예쁘게 잘 클 꺼
야. 너를 응원한께 서현아.

잡담과 간식

○

     글쓰기 수업은 글쓰기 외에도 여러 요소로 구성된다. 글을 쓰는 시간이 주를 이루기는 하나 그 앞뒤로, 혹은 사이사이로 끼어드는 딴짓이 있다. 대부분의 사람들에게 글쓰기란 안 하는 게 더 편한 일이다. 귀찮음을 극복해야 시작할 수 있다. 무엇이 아이들의 귀찮음을 무릅쓰게 만드는가. 나의 오랜 탐구 주제였다.

    수업을 시작하면 입을 쭉 내밀고 토라진 얼굴로 앉아 있는 아이가 보인다. 집에서 가만히 쉬고 싶어서 꾀병을 부려보았지만 부모님께 통하지 않았던 것이다. 지각을 하는 아이들도 있다. 올리브영이나 에뛰드하우스에서 화장품 샘플을 발라보다가 시간 가는 줄 몰랐던 것이다. 모두 다른 컨디션과 다른 사연을 가지고 모인다. 그들과 가장 먼저 하는 건 근황 토크다. 지난 한 주간 어땠는지, 전하고 싶은 소식이 있는지 내가 묻는다. 성의 없이 물으면 성의 없는 대답이 돌아오기 때문에 우선 내 근황을 솔직하게 전해야 한다. 굿 뉴스로는 2년 만에 드디어 치아교정기를 뺀 사실을, 배드 뉴스로는 어떤 잡지에 연재를 하다가 잘렸다는 사실을 털어놓는다.

그럼 아이들도 자신의 최근 소식 중 몇 가지를 엄선한다. 날마다 다른 변수와 디테일이 추가되므로 말할 거리는 언제나 생겨난다. 글쓰기를 싫어하는 아이라 할지라도 말이다. 어떤 아이는 글쓰기 수업에 오는 버스 안에서 근황 토크를 준비한다. 또다른 아이는 카톡 대화 내역을 뒤져보며 한 주간 주고받은 텍스트를 살펴본다. 자신이 말할 차례가 오면 다들 이렇게 말문을 연다.

"저는요⋯⋯"

이어지는 이야기는 매주 다르다. 소식을 다 전하고 나면 옆에 있는 아이에게로 고개를 돌린다. 나 말고 다른 이에겐 어떤 소식이 있는지 듣는 게 도리이기 때문이다. 이런 잡담을 주고받는 동안 서로를 재미있어하는 마음과 걱정하는 마음이 생겨난다. 부러운 마음이나 못마땅한 마음일 때도 있다. 남들의 얼굴을 보고 목소리를 듣는 사이에, 자신의 이야기를 더 하고 싶은 욕망이 아이들 마음속에서 달궈지는 것을 나는 본다. 우리는 남에게 관심을 가지면서 어휘를 늘려가는 존재들이다. 칠판에 글감을 적는 것은 그 무렵이다. 아이들은 고민을 시작한다. 그리고 나는 간식을 나눠준다. 주로 엄마들이 준비해주신 간식이다. 열세 살 김도현은 간식을 먹으며 이런 글을 썼다.

글감이 주어지면 난 먼저 망설인다. 몇 분간 첫 문장을 생각하며 옆에 놓인 간식을 한입 베어 먹고 뚫어지게 글감을 쳐다본다. 머릿속에 무언가 스쳐지나가면 빠르게 캐치해야 한다. 스토리를 구상하고 내가 만족을 느낄 것 같으면 그때부터 쓰기 시작한다. 나는 이런 생각을 하는 것이 좋다. 어쩔 때는 어려운 글감을 만나면 스스로에게 만족을 못 느낄 것 같아도 일단 써본다. 그러면 다음에 어려운 글감을 또 만나도 전보다 더 잘 써진다.

빈 원고지를 앞에 둔 외로운 시간에 누군가는 간식의 힘을 빌려 첫 문장을 쓴다. 글쓰기 수업을 간식의 맛으로 기억하는 아이도 있다. 열네 살 최가영은 이런 문장을 썼다.

글방에 다닌 지 꽤 오랜 시간이 지났다. 그동안 참 다양한 간식들을 먹으며 참 많은 글을 썼다.

이렇게 쓰고서 최가영은 어쩐지 먼 곳을 보는 것 같았다. 글쓰기는 글쓴이를 멀리 가게 만들기도 한다. 미래로든 과거로든, 나에게로든 남에게로든 말이다. 그리고 간식은 멀리 갈 체력에 보탬이 된다. 열한 살 김지윤은 수업에서 가장 인상적인 순간에 관해 이렇게 적었다.

간식으로 나온 가래떡을 언니들이 손으로 가지고 놀던 광경이 잊혀지지 않는다.

그 가래떡을 가지고 놀던 언니인 열다섯 살 오승아가 쓴 인상적인 순간은 또 다르다.

글방에서 누군가가 특이한 소리로 재채기를 해서 선생님을 비롯한 모두가 웃었을 때. 몰래 먹은 야식에 대해 이야기했을 때. 생리컵에 대해 말했을 때. 기다란 가래떡을 먹으며 이널 찍어먹을 간장이 있으면 좋겠다고 생각했을 때.

서로 다른 기분과 기억을 가지고 집에 돌아갔다. 글쓰기란 여전히 귀찮은 일이지만 아이들은 잡담과 간식을 기억하며 다음주에도 늦잠을 포기하고 수업에 왔다. 떠들며 먹고 마시다가 명문장이 얼렁뚱땅 탄생하는 날들이었다.

2019. 4. 8

몸의 일기

○

       거울을 잘 보지 않던 아이가 문득 골똘한 얼굴로 거울 앞에 서는 날이 있다. 10대들의 교실에서 글쓰기 교사로 일하다보면 그런 순간을 우연히 목격하게 된다.

    자기 모습이 어떻게 보이든 별 관심 없던 시절은 그렇게 막을 내린다. 아이는 이제 자의식의 축복과 저주 속에서 한층 더 복잡한 삶을 살아갈 것이다. 내 눈에 비친 내 모습과 남의 눈에 비친 내 모습을 신경쓰며, 내가 바라는 나와 실제 나 사이의 괴리를 수없이 느끼며 자라날 것이다. 누구도 그 변화를 늦추거나 멈출 수 없다.

    글쓰기 교사인 나는 아이가 자기 몸을 최대한 덜 미워하기를,

혹은 아무래도 좋다고 느끼기를 소망하며 수업을 진행한다. 거울을 유심히 보기 시작한 아이들에게 자주 건네는 건 몸의 느낌에 관한 질문이다. 지난주의 키와 이번주의 키가 다른 그들은 최근의 자기 모습과 감각을 기억하며 글을 쓴다.

열네 살 김시후는 이렇게 썼다.

그림을 그리다가 화장실에 가서 불을 켰는데 거울에 비친 내 얼굴이 너무 낯설어서 흠칫했다. 3초 정도 멈춰 있다가 '내가 이렇게 생겼구나'라고 생각했다. 요즘엔 몸이 뻐근하고 뭔가 척추뼈가 지그재그로 흩어진 기분이 든다.

자기 신체가 새삼스러운 건 김시후뿐만이 아니다. 열다섯 살 양휘모는 앱 카메라 속 자기 얼굴을 이렇게 증언한다.

어느 날 페이스북을 보다가 '트루 미러'라는 앱을 발견하게 되었다. '자신의 진짜 얼굴! 아직도 모르십니까?'라고 써 있길래 호기심에 바로 깔았다. 앱에 들어가니 좌우반전이 된 카메라가 켜졌고 '이것이 다른 사람이 보는 당신입니다'라고 써 있었다. 트루 미러 속 내 얼굴은 평소와 사뭇 달랐다. 좌우가 바뀌었을 뿐인데 훨씬 못생겼고 마치 다른 사람과 영상통화를 하는 느낌이 들었다.

좌우가 뒤바뀐 내 얼굴도 낯설지만 녹음해서 다시 듣는 내 목소리도 낯설기 마련이다. 열두 살의 김지온은 이렇게 썼다.

내 목소리가 녹음기로 들어가면 조금 이상해진다. 막막한 느낌이 든다. 녹음기에서 내 목소리가 흘러나올 때 별로 듣기가 싫다. 내가 아닌 것 같다.

한편 도무지 이해할 수 없는 소리가 내 몸에서 나올 때도 있다. 열세 살 기세화는 이렇게 썼다.

수학시간에 다들 조용히 문제를 풀고 있는데 내가 갑자기 소리를 질렀다. 애들이 모두 날 쳐다보며 웃었다. 내 옆자리에 있던 지윤이가 왜 소리를 질렀냐고 물었다. 나도 내가 왜 그랬는지 몰라서 그냥 책상에 얼굴을 파묻었다.

기세화의 당황은 원고지에서도 역력하다. 그는 궁금하다. '내가 왜 갑자기 소리를 질렀지?'

이들의 글을 보며 나는 다니엘 페나크의 소설 『몸의 일기』(조현실 옮김, 문학과지성사, 2015)를 떠올린다. 한 남자가 10대부터 80대까지 자기 몸의 감각을 기록하는 이야기다. 이 책의 문장은 신체의 성장과 노화, 고통과 쾌감에 집중해 쓰였다. 소설 속에서 하루종일 거울 속 자신을 남처럼 노려보던 유년의 아이에게 아버지는 이렇게 말한다.

"아들아, 넌 미친 게 아니야. 넌 네 느낌과 놀고 있는 거야. (…) 넌 네 느낌에게 질문을 던지지. 아마 끝없이 계속 물을 거다. 어른이 돼서도, 아주 늙어서까지도. 잘 기억해두렴. 우린 평생 동안 우리의 감각을 믿기 위해 노력을 해야 한단다."

그리하여 주인공은 평생 길고 긴 몸의 일기를 쓰게 된다. 쓰는 동안 그는 어색한 친구와 차차 친해지듯이 스스로에게 적응해간다.

가장 어려운 우정은 자기 자신과의 우정일지도 모른다. 몸의 감각에 대한 글쓰기는 자신과 사이좋게 지내기 위한 노력 중 하나다. 다니엘 페나크는 그 일기가 상상력의 공격으로부터 몸을 보호하고, 몸의 온갖 신호로부터 상상력을 보호한다고 말한다.

자고 일어나면 몸도 마음도 달라져 있어서 당황스러운 10대들과 함께 몸의 일기를 쓴다. 때때로 몸의 일기가 마음의 일기보다 더 확실하고 부드럽게 몸과 마음을 연동시키기 때문이다.

2020. 3. 23

여수 아이들에게 쓴 편지

○

　　2016년 겨울, 나의 글방을 3년째 드나든 여수 아이들에게 적은 편지들.

○ 온유야, 나는 가끔 너의 몸무게가 궁금해져. 왜냐하면 너의 두 발이 공중에 붕 떠 있는 것처럼 보일 때가 있거든. 남다른 호기심이 가득한 사람들은 땅에서 발을 뗀 채로 세계를 유영하듯 살곤 하잖아. 그만큼 너의 궁금증은 저멀리 우주까지 힘차게 뻗어 있고, 너는 네가 직접 보지 않은 것들도 성실하게 탐구하지. 별과 태양과 우리 은하와 빛의 속도에 대해서 막힘없이 이야기할 때면 너를 체중계에 올려놓아도 눈금은 0에 계속 머물 것만 같았어. 그러다가도 너는 레고와 자동차와, 네 유튜브 채널의 구독자 수와, 이제는 사람이 많아져서 아쉬워진 유정해장국집에 대해서도 이야기해. 교실에서 일어나는 온갖 사건을 눈에 보일 듯 생생하게 묘사하고, 학교에서 똥을 싸는 게 얼마나 어려운 일인지도 이해시키지. 그럴 때면 나는 네가 정말 천재같이 느껴져. 공중에 뜬 채로 쓰는 글과 땅에 발을 딱 붙인 채로 쓰는 글 사이를 자유자재로 넘나들잖아. 올해도 너의 세계를 읽을 수 있어서 즐거웠어.

＊＊ 열두 살 김온유에게
＊＊ 스물다섯 살 이슬아가 사랑을 담아

○ 지온아, "1000자 원고지를 받던 그 순간엔 정말 떨렸다"고 너는 적었지만 나는 전혀 눈치채지 못했어. 몇 자 원고지를 나눠주든 너는 두려움 없이 글을 써나갔잖아. 핸드폰 액세서리를 먹어버리고도 수술이 두려워서 1년 동안 그 사실을 감춰온 이야기나, 그림이 잘 그려질 때면 꼭 손과 발에 땀이 난다는 이야기나, 포켓몬 카드를 사는 데 6만 원을 쓴 이야기나, 화장실 문이 빨간색인 게 무서워서 새벽마다 오줌을 참았던 이야기 같은 것들을 너는 단번에 뚝딱 써냈지. 그중에서도 나는 네가 '불의 아름다움'에 대해 쓴 글을 특히 좋아해. 너는 가스레인지에서 나오는 불이 특히 좋다고 했지. 왜냐하면 불의 여러 색깔 중 네가 가장 좋아하는 부분인 '보라색 불'을 가스레인지에서 가장 잘 볼 수 있기 때문이랬어. 네 글을 읽기 전까지 나는 한 번도 가스레인지의 불에 대해서 생각해본 적이 없었어. 네 덕분에 나는 요즘 가스레인지의 불을 넋 놓고 바라보곤 해. 내 일상을 조금 바꿔놓을 만큼 너의 문장들은 인상적이야. 열다섯 살도 열세 살도 아닌 열 살의 너를 관찰할 수 있어서 행복했어. 우리 내년에도 재밌게 잘해보자.

＊ 열 살 김지온에게
＊ 스물다섯 살 이슬아가 사랑을 담아

○ 휘모야, 네가 쓴 글을 읽을 때마다 늘 웃음이 터졌던 것 같아. 글에 적힌 너의 일상은 믿을 수 없이 우스꽝스럽고 이상하고 예측 불가능해. 글로 누군가를 웃거나 울게 하는 건 정말 어렵고 대단한 일인데, 너는 너도 모르는 사이에 아무렇지도 않게 매번 해내곤 해. 너의 거침없는 손에 대해 나는 자주 생각해. 그 손으로 근사한 그림과 글을 매일 만들어내잖아. 글도 결국 마지막엔 손이 쓰는 것인데, 휘모의 손은 언제나 뭔가를 뚝딱 완성할 수 있도록 달구어져 있어. 누군가는 그걸 필력이라고 불러. 너는 벌써부터 훌륭한 이야기꾼이야. 앞으로 네가 만날 온갖 에피소드가 기대돼. 네가 몰랐던 기쁨과 슬픔을 처음으로 만날 순간들도 기대돼. 미래의 이야기들이 휘모의 몸을 어떻게 통과할지, 그것들은 어떤 이야기로 탄생할지 정말 궁금해. 나는 작가가 된 양휘모를 자꾸 상상해보는 것 같아. 올해 너를 웃게 하고 울게 하고 부끄럽게 하고 뿌듯하게 했던 온갖 일들을 읽어서 즐거웠어. 너를 둘러싼 우정과 사랑을 목격해서 행복했어. 나에게 오래오래 글을 보여줬으면 해.

＊ 열세 살 양휘모에게
＊ 스물다섯 살 이슬아가 사랑을 담아

(글방 숙제) - 우아한 당신 -

우아함

15살   양휘모

'우아하다' 네이비에 쳐보면 '고상하고 기품이 있으며 아름답다' 라는 뜻이다. 지금 내 근처에는 없지만 옛날에는 우아한 친구가 있었다. 그건 지금은 그리 가려요정이 된 세아다. 옛날에 한빛어린이 집을 다닐때 나는 세아가 우아하다고 생각했었다. 왜냐하면 세아는 하얗고 여리고 고상하고 이쁘고 매일 공주가 연상되는 리본과 핑크색 러블리한 옷을 입고 유치원에 나왔었기 때문이다. 나는 우슨 넝마? 같은 느낌의 칙칙하고 앤틱 ?? 같고 이상한 한복체험마을의 해설사가 입는 옷을 입고 다녔기 때문이다. 내가 엄마한태 나도 리본같은거 입혀달라고 해도 그럴때마다 항상 비어기에는 내가 지금 내 근처에는 없지만 옛날에는 우아한 친구가 있었다.

그건 지금은 그저 가래요정이 된 세아다.

Date.　　　　No.

원하는　핑크　러블리　블링블링　트윙클
리본이　아니라　칙칙한　계절의　자주색,
검은색　아니던　회색의　리본이　달렸었다.
그리고　내가　원하는게　핑크색이라고　하
면　공주병인걸　알까봐　칙칙하게　다녔다.
성격도　우아한　공주보다는　우수리　같은
면모가　있었다.　일단　옷이　무수리 컸고
목소리가　엄청　컸고　성격이　시끄러웠었다.
그려 또,　자꾸　옷을　그렇게　입히니까
이상한　새뇌가　되어서　'내가　연약한　세
아를　지켜야 되기'라는　이상한　생각이　들
었다.　그래서　어릴때부터　우아함 같은 건
내게　없었다. 거서는　내가　세아를　시끄
러운　성격으로　만들어놓았지만　그래도
여전히　세아는　우아했었다.　여전히　하얗
고　이쁘고　지켜줘야할　것만　같았다.
막　어려 컬로 완전　부드럽고　손도　연약하
고　공주같이　우아했다.　하극은 난웃음을
했는데　그당시민　칭을 해보이거나 고상하
게　보이려고　했겠지만　조금　뛰어다니
나는 그때 우아하고　우윳빛깔인 세아가 부러웠다.

세아가
난웃음을 한뒤
예뻐보여서 45

난 우아할 순 없나보다. 무수리도 나쁘진 않은 듯?
이러고 강 시끄럽게 살았다.

Date   No

다 보니 그냥 추노가 되어 있었던 격이
있었다. 그리고 그냥 난 우아할 순 없
나보다- 무수리도 나쁘진 않은 듯? 이러고
강 시끄럽게 살았다. 그러던 어느날
세아의 키가 점점 커지더 161cm? 비슷하
게 쩍더니 더이상 지켜줘야 하는게 아
닌 지켜줄 것 같은 사람이 되었고 여전히
하얗고 이쁘고 연약했지만, 심지어 아직
까지 애기 냄새도 났지만 왠지 우아함
이 사라진 것 같았다. 숏컷을 해서 그렇
게 된 것도 크다. 이상한 온혹은 어느에
하얗고 순친한 별돛이 가려지더 우아함
이 소멸되었고 그냥 잘생긴 남자애 을
보는 느낌이 들었다. 어느 순간 부터 딸
이다. 그리고 한 뜰 살기를 하더 세아가
응흥하고 안긴다 안고 본테고 안겼고 도
시오 끕고 웠츠을 라면서, 을 나면 합월
곳까지 늘리는 무의식 노릇증이 있고,
시끄럽다는 걸 알게되자 우아함은 떨리
기 힘든게 되었다. ㄱㄱㄱ 지금은 세아나

나나 무수리같은 떤모를 가진것 같다.
세아가 머기른 기르고 다닌라던 다시 우아해질지도
(만약에) 오르겠지만.

DESIGNED BY YELLOW SUBMARINE

○ 시후의 원고지 위 문장들은 컴퓨터로 써서 프린트한 것처럼 정갈했지. 시후의 글 또한 단정하고 사랑스러웠어. 시후는 글방에서 아주 크게 말하거나 웃었던 적이 없는 것 같아. 늘 조금 작은 볼륨으로 차분하게 앉아서 제일 빨리 글을 완성하고는 책을 읽잖아. 시끌벅적한 아이들 사이에 앉아서 눈을 내리깐 채 과연 무슨 생각을 하고 있을지 궁금했어. 시후는 글방이 즐거웠을까? 나는 네가 쓴 글 중 '눈에 보이지는 않지만 분명히 있는 것'에 관한 글이 참 좋았어. 그 글에 적힌 문장들 정말 아름다웠는데. 또 너는 이렇게 쓰기도 했어. "낭독을 하고 나면 종종 내가 좋아진다"고. 나는 그 문장 또한 정말 소중하게 다가왔어. 우리는 가끔 어떤 일을 마치고 나면 스스로를 더 맘에 들어하게 되잖아. 시후에게 글쓰기가 점점 그런 일이 되었으면 해. 내년에는 더 제멋대로인 글을 써보자. 차분하지 않은 문장도 마구 써보고 무리도 해보자. 더 자유롭고 예측 불가능한 시후를 기대할게.

* 열두 살 김시후에게
* 스물다섯 살 이슬아가 사랑을 담아

○ 나는 세아가 속마음에 대해 쓸 때를 좋아해. 학원 선생님이 왜 학원 안 왔냐고 너에게 따져 물을 때 너는 속으로 이렇게 생각한댔어. '그냥 빠지고 싶어서 그랬어요! 왜요?' 하지만 그 말을 실제로 입 밖에 낼 수는 없어서 난감하댔지. 글쓰기는 대부분 그런 순간에 시작되는 것 같아. 하고 싶었는데 못한 말들로부터. 혹은 안 했으면 좋았을 텐데 괜히 내뱉은 말들로부터. 후회와 아쉬움은 글쓰기의 중요한 씨앗들 중 하나잖아. 세아는 그 씨앗을 잘 활용해서 글을 쓰는 것 같아. 난감하거나 고생스럽거나 억울하거나 부끄러운 일들을 잘 기억했다가 한 편의 글로 완성하지. 세아에겐 언제나 재료가 장전되어 있는 느낌이야. 심지어 꼬질꼬질한 양 모양의 필통만 가지고도 너는 참 재미난 글을 쓰지. 네가 앞으로 창작할 이야기들이 정말 기대돼. 세아의 책을 선물받을 날을 기다리고 있을게.

＊ 열세 살 정세아에게
＊ 스물다섯 살 이슬아가 사랑을 담아

○ 승린이를 처음 봤을 때 나는 오직 눈망울밖에 생각할 수 없었어. 너무 동그랗고 촉촉한 눈망울을 양옆으로 이리저리 굴리며 주위를 살피고 있었거든. 그것은 주변의 소리와 냄새를 예민하게 감지함으로써 생존해나가는 초식동물의 눈 같기도 했어. 3년 전 글방에서 네가 처음 낭독하던 순간에 얼마나 떨었는지 기억하고 있어. 원고지를 내게 보여주기 전에도 늘 두세 번은 망설였지. 항상 자신이 틀릴 수도 있다는, 우스워질 수도 있다는 가능성을 염두에 두고 있는 것 같았어. 너의 주저함을 너무 좋아한다는 말을 꼭 하고 싶었어. 주저하고 눈치를 살피는 사람만이 가질 수 있는 미덕이 있잖아. 열심히 눈치를 살피는 와중에 너의 글쓰기는 하루가 다르게 일취월장해왔는데, 그것도 알고 있니? 내가 거의 올해의 문장으로 뽑고 싶을 만한 것을 너는 썼지. "우리는 꼭 마지막이 해피엔딩으로 끝나지 않는 영화를 찍으며 즐거움을 느꼈다." 너는 너도 모르는 사이에 삶의 천재가 되어가고 있는 것 같아.

* 열세 살 오승린에게
* 스물다섯 살 이슬아가 사랑을 담아

○ 글방에서 뭔가를 열심히 말하던 중에 정신을 차리고 교실을 둘러보면 날 바라보고 있는 사람이 너밖에 없을 때가 있어. 그럴 때면 나는 의문을 품곤 해. 사실 오직 가영이만 내 얘길 듣고 있는 거 아닐까? 가영아. 너는 이 수업에서 가장 성의 있는 한 사람이야. 너를 만나는 선생님들은 모두 기쁠 거라고 생각해. 너는 무슨 주제를 주든 핵심을 단번에 캐치하고, 개떡같은 설명도 찰떡같이 알아듣지. 너의 글을 퇴고할 때 한 번도 피곤하지 않았던 것 같아. 그런 너에게서 의외의 까칠한 모습이 보일 때 나는 약간의 쾌감을 느꼈어. 네가 히스테릭할 때도 있다는 사실은 너를 더 매력적으로 보이게 해. 삼남매 중 첫째누나로서의 단호한 권위가 드러나는 글을 네가 쓸 때면 난 늘 깔깔깔 웃으면서 읽어. 많은 일을 너무 야무지게 잘해내기만 하는 사람이 가끔 지극히 인간적인 모습을 보일 때 독자들은 큰 즐거움을 느끼는 것 같아. 그런 점에서 나는 네가 쓴 '춤'에 대한 글이 좋아. 너의 시큰둥하고 까칠한 기질이 재미있게 드러난 글이었어. 똑똑한 가영아, 너의 애독자들을 위해 가끔씩 어긋나줘. 다들 너에게서 더욱 헤어나올 수 없을 거야.

＊ 열세 살 최가영에게
＊ 스물다섯 살 이슬아가 사랑을 담아

여수글방
최가영

<수필>

최가영

떨다 최가영

눈을 최(崔)에 아름다울 가(佳), 꽃부리 영(英). 합해서 '최가영'이라는 이름이 나의 이름이다. 이 이름은 우리 엄마께서 이름과 관련된 책과 사전들을 잔뜩 뒤져서 만들어 주신 이름이다.

내 이름은 가영이라고 부르면 굉장히 친숙하고 부르기 쉬운데 최가영이라고 부르면 갑자기 진지해진다. 최라는 성이 뭔가 소리가 큰 글씨라서 최을 이름 앞에 붙이면 세진다. 그래서 나는 그냥 가영이라고 부르는 게 좋다.

가영이라는 이름은 조금 이름이고 누가 봐도 여자. 이런 느낌이 나서 우리 엄마는 내 이름을 바꿔주고 싶어한다. 하는

지만 나는 지금 내 이름이 꽤 마음에
든다. 특이한 이름을 갖고 싶기는 한데
나한테는 왠지 특이한 이름이 안 어울
릴 것 같다. 난 그냥 내 이름 최가영이
가장 마음에 든다.

내 이름은 가영이라고 부르면 굉장히 친숙하고 부르기 쉬운데
최가영이라고 부르면 갑자기 진지해진다.

나는 지금 내 이름이 꽤 마음에 든다.
특이한 이름을 갖고 싶기는 한데
나한테는 왠지 특이한 이름이 안 어울릴 것 같다.
난 그냥 내 이름 최가영이
가장 마음에 든다.

○ 가희야, 나는 너 같은 열 살을 어디에서도 만난 적이 없어. 이렇게 길고 알찬 글을 열 살부터 쓰다니 정말 놀라운 일이야. 가희를 보면서 나는 최씨 삼남매의 야무진 유전자에 대해 생각해. 게다가 엄청나게 성실하기까지 해서, 가영이와 가희는 무적의 글쓰기 전사가 될지도 모르겠어. 가희 특유의 솔직한 문장들이 감탄스러워. 가희는 언제나 딱 깜찍할 만큼만 솔직하지. 네 글은 네 볼처럼 엄청나게 사랑스러워. 별생각 없이 지금처럼 계속 글을 썼으면 좋겠어. 가희야, 내년에도 너의 탱글탱글한 볼과 글을 쭉 내게 보여줘.

* 열 살 최가희에게
* 스물다섯 살 이슬아가 사랑을 담아

○ 형원이를 생각할 때면 항상 네가 달리는 모습을 함께 떠올리게 돼. 막상 나는 그 장면을 한 번도 본 적이 없는데 말이야. 원고지에 적힌 달리기 경주에 대한 수필을 읽기만 해도 네가 뛰는 모습이 꽤 근사하다는 걸 짐작할 수 있어. 날쌔고 가벼운 몸으로 영리하고 재미난 글을 쓰는 형원이. 너의 글에는 늘 적당량의 유머가 함유되어 있어. 놀이터에 있는 어린애들과 놀아주기 싫은 마음에 대해 쓸 때도, '서로의 여름 냄새를 다 알게 된 여자애들'이 티격태격하는 장면을 쓸 때도, 막상 밤을 새우도록 허락을 받은 날에는 꼭 일찍 잠들어버리는 야속한 바이오리듬에 대해 쓸 때도 너는 언제나 센스 만점이야. 운동회 장면은 마치 눈앞에 영화를 틀어놓은 것처럼 생생하고 경쾌하지. 그런가 하면 비어드드래곤의 죽음에 대해서는 아주 묵직한 문장들로 글을 썼어. 네가 얼마나 슬프게 반성했는지 알 수 있었어. 너의 글을 더 많이 오랫동안 읽고 싶어. 잘 달리는 사람이 특히 잘 쓸 수 있는 이야기가 있는 것 같아.

　　*　열세 살 이형원에게
　　*　스물다섯 살 이슬아가 사랑을 담아

○ 도현이 덕분에 나는 초등학교 5, 6학년 남자아이들에 대한 편견을 많이 지우게 됐어. 이전까지 내게 그들은 통제 불능 개구쟁이들로만 다가와서 글쓰기 수업에서 만나기엔 꽤나 두려운 존재들이었거든. 그런데 도현이처럼 영특하고 정중한 열세 살과 함께 수업을 해보니 얼마나 수월하고 즐거웠는지 몰라. 나는 네가 두 명의 누나들에 대해 쓴 글들을 특히 좋아해. 귀신이 무서워서 벌벌 떠는 글도 좋았어. 도현이는 글에서 괜히 강한 척을 하지 않아서 좋아. 담담하게 자신의 약한 면을 적어내려가지. 더럽거나 우스꽝스러운 장면을 쓰는 솜씨도 대단해. 날이 갈수록 글 속에서 자유로워지는 네 모습이 멋있어.

* 열세 살 김도현에게
* 스물다섯 살 이슬아가 사랑을 담아

< 수필 >

우아한 당신

김도현

사람들이 우아함 하면 떠오르는 것 중 대표적으로 하나는 백조라고 생각한다. 백조는 하얀 몸에 여유로운 표정으로 호수를 다닌다. 매우 고급스럽고, 우아해 보인다. 또한 발레리나들도 우아하다 백조들처럼 하얀 발레옷을 입고 우아한 걸음과 동작을 선사한다. 하지만 그들에게도 그 우아함에 대한 대가가 있을 것이다. 백조는 우아하게 걸으로는 헤엄치지만 물 안에서는 발버둥을 웃길정으로 치고 있다. 발레리나 또한 그 우아함을 만들기 위해 발가락은 형태를 거의 잃었을 것이다. 세상에는 우아한 사람, 동물들이 많지만 그들도 우리가 모르는 비밀이 있는 것 같다.

세상에는 우아한 사람, 동물들이 많지만
그들도 우리가 모르는 비밀이 있는 것 같다.

○ 말로는 잘 안 할 이야기들을 가끔 글로 쓰는 혜인아. 글과 말이 비슷한 사람이 있고 확연히 다른 사람이 있어. 두 경우 다 매력이 다르지만, 나는 혜인이를 다른 곳이 아닌 이 글방에서 만났다는 게 좋아. 너랑 말만 하는 사이였으면 절대 듣지 못했을 이야기들을 글방에서 조금이나마 읽을 수 있어서 영광이었어. 혜인이의 반짝반짝한 눈과 언제나 홍조를 띠고 있는 볼을 나는 무척 좋아해. 혜인이는 지금까지 주로 관찰자로서의 글을 많이 썼는데, 내년에는 네가 주인공인 글도 보고 싶어. 혜인이가 조연이 아닌 주연으로 등장하는 이야기도 기대해볼게. 너의 모습이 얼마나 유일무이하고 사랑스러운지 알아채주길.

＊ 열세 살 정혜인에게
＊ 스물다섯 살 이슬아가 사랑을 담아

민영이는 다른 아이들보다 늦게 글방에 왔는데도 무척 활약하고 있어. 수줍음이 많아 보이지만 원고지에 쓰는 글은 대범해서 놀라웠어. 남들이 잘 말하지 않는 진심의 엑기스를 아무렇지도 않게 써버리더라. 이를테면 이런 문장들. "나는 비밀을 말하기 좋아하기 때문이다"라든지, "소문을 퍼뜨리고 싶어 입이 근질거렸지만 예쁘고 귀여운 단짝이라 내 입을 지퍼로 쫙 닫았다"라든지. "어쩔 땐 울음을 터뜨린 적도 있다" 같은 문장들이 기억에 남아. 무섭거나 억울하거나 부끄럽거나 비겁한 마음을 돌려 말하지 않고 직설적으로 쓰는 것도 대단해. 삼남매 중 둘째로서의 정체성이 글에서 드러날 때도 재미있어. 가족들과 컴컴한 곳에 앉아서 유성이 떨어지길 기다리는 장면은 너무 아름다웠어. 민영이가 겪은 일들을 좋은 문장으로 만들어서 내게 전해줄 때 참 황홀해.

* 열두 살 서민영에게
* 스물다섯 살 이슬아가 사랑을 담아

여수글방
서민영

<수필>

나는 바보다

14살 서민영

나는 바보다. 내가 머리카락을 먹고
있는지도 모르고 학교 온곳을 돌아다녔
다. 근데 머리카락은 1가닥도 아닌
진짜 많이 먹고 있었다. 창피했다.
어느날은 내가 버스를 타고 할머니 집에
가고 있었다. 그리고 내리려고 버리는
문에 서있었다. 근데 어떤 할머니가
가방 위로 올라간 내 검바를 내려주셨
다. 확실히 난 등이 좀 불편하기도
했다. 그곳에서 티셔츠까지 올라갔으면
더 창피했을 것이다.
난 진짜 딴생각을 많이 한다. 글을
쓸 때 딴생각을 많이 하는데 만약에 내
가 '토끼와 거북이'라는 책을 생각

나는 대로 쓰고 있다가 갑자기 내 생각
은 토끼와 거북이의 책내용이 바뀌며
생각을 이어나가게 된다. 예를 들어
토끼가 경주를 하다가 잠이 들었는데
거북이의 발소리에 잠에서 깨어나 거북
이를 더 뒤로 던지고 토끼는 계속 달
렸어요. 그런 거북이가 짜증나고 분해
서 토끼를 만나서 토끼 귀를 잡고 던
졌습니다.' 라고 이상하게 생각을 하고
정신차려서 내 글을 보면 내 생각대로
써져있다. 그럴때마다 난 '아~' 이
가 다 지우고 다시 써야5시간! 진짜
난 바보다.' 라고 생각을 한다 사실
애들이 나를 바보라고 부르기도 하지만
난 내가 진짜 진심으로 바보같다

토끼가 경주를 하다가 잠이 들었는데

거북이의 발소리에 잠에서 깨어나

거북이를 더 뒤로 던지고 토끼는 계속 달렸어요.

거북이는 짜증나고 분해서, 토끼를 만나서 토끼 귀를 잡고 던졌답니다.

○ 민지야, '길티플레저'라는 글감을 주었을 때 민지는 과학 교과서에 낙서를 하면서 은근히 쾌감을 느낀다고 적었지. 그런 민지의 모습을 상상하면 웃음이 나. 체육이 싫은 마음과 글방에 올 때 원고지를 두고 와서 후회하는 마음과 시험을 망쳐서 착잡한 마음에 대해 쓴 글을 보면서도 웃음이 났지. 민지는 언제나 옆에 있는 애들보다 한 템포쯤 여유롭고 태평해 보여. 민지 얼굴을 보면 내 마음속 조바심도 왠지 사라져버리는데, 그건 민지의 웃는 상 때문일지도 몰라. 너의 사랑스러운 빈틈이 나는 좋아. 너는 다른 아이들의 낭독을 참 주의깊게 듣는 훌륭한 리스너이기도 해. 잘 들은 뒤에 넓은 마음으로 상냥한 피드백을 적지. 글방에서 민지가 차지하고 있는 기분좋은 존재감이 늘 고마워.

　　※ 열한 살 전민지에게
　　※ 스물다섯 살 이슬아가 사랑을 담아

○ 예영이가 쓴 글에서는 매번 성의를 느껴. 글의 내용뿐 아니라 한자 한자 적어내려간 글자와 글씨체도 참 성의 있어서 나도 자세를 고쳐 앉게 돼. 나는 네가 쓴 약력을 참 좋아해. 이렇게 재미난 약력을 쓴 스스로에 대해 많이 뿌듯해하면 좋겠어. 너는 "왜 이렇게 모든 일이 걱정이 되는지 정말 슬프다"라고 적기도 했어. 너를 긴장하게 만드는 것들이 너무 많다고. 어쩌면 이 글방도 너에게 그런 공간일 수 있겠지. 하지만 이미 너무나 잘하고 있으니 어깨와 뒷목에 힘을 풀어도 좋을 것 같아. 너의 글과 너의 목소리와 너의 덕질을 응원할게. 능숙해서 멋진 순간도 미숙해서 부끄러운 순간도 응원할 거야. 내년에도 잘해보자.

  ＊ 열세 살 윤예영에게
  ＊ 스물다섯 살 이슬아가 사랑을 담아

여수글방
윤예영

< 설명서 >

　　너에게 쓰는 인생 사용 설명서

　　　　열다섯 살 윤예영

　안녕 난 예영이라고 해 난 너에게
인생 사용 설명서를 써줄거야. 넌 나랑
같아서 내가 알려준 것들만 지키면 14
살까지라도 인생을 좀 평탄하게 살 수
있을거야 그럼 말해줄게
일단 넌 절대 비키니를 입어 새칭하고
예쁜 척하며의자에 앉아있지 아 넌 어른
들에게 우르르 둘러쌓여 사진을 찍힐거
야 네 뱃살 알이야. 가족이라고 너무
믿지도 알고 너의 그 가족이란 어른들
이 네 다리 꼬고 앉아 뱃살이 집힌
그 사진을 할머니 집 거실에 붙여놓을
거니까 그 사진을 니가 를 때까지 예
지않고 명절 때마다 구경하는 것도 명

안녕 난 예영이라고 해.

난 너에게 인생 사용 설명서를 써줄 거야.

내가 알려준 것들만 지키면

14살까지라도 인생을 좀 평탄하게 살 수 있을 거야.

싱하고. 넌 아직도 너가 예쁘고 귀엽다
고 생각하겠지만 아니거든 너의 친구
얼굴과 네 얼굴을 비교해봐도 알겠지만
알이야. 어른들이 귀엽다고 해도 믿지 말
고 넌 아마 그것 때문에 `난 예쁘다
` 라고 착각하고 있을 걸 지금 내 엄
마가 그러는데 아니래 지금이 상족의
발전이라고 하는구나 그래도 나중엔 예
뻐질거니까 걱정말고 이건 나한데 하는
말이기도 해 우리 힘내자 . 어쨌든 두
번째는 혹시 학교 시험 때 답 배낀
적 있니 한번쯤은 배껴보는 것도 좋아
. 왜냐면 네 성격으로는 한번 배낀 루
절대 배끼지 않을거야 충격적이고 을고
싶을 걸? 난 아직도 그 때가 생생하게
기억나. 국어 시험이었어. 다른 건 다
썻는데 한 문제가 모르겠었는데 하필이
면 내 앞에 공부 잘 하는 `국건'
이 앉아서 내가 모르는 답을 썻었다는
거야. "일기"라는 답이 없어. 난 그

이건 나한테 하는 말이기도 해.

우리 힘내자.

글 쓰고 처음으로 올백을 맞았어 엄마
는 매우 기뻐했지만 난 전혀 기쁘지
않았어 그래도 기쁜 척을 해야 했지 끔
찍했어 그럼에도 불구하고 내가 너에게
이걸 하라고 하는 이유는 너가 빨리
그런 걸 하면 안되고 얼마나 오래 우
울한 기억으로 남는지 알려주기 위해서
야 내가 하지 말라고 해봤자 너가 겪은
일이 아닌 이상 넌 할거고, 실수 한번
쯤은 하잖아? 아, 이번에는 좀 너가 행
복할 수 있는 걸 알려줄게 바로 방탄
이야. 그 때쯤 덕질을 시작하고 알려야
15살쯤 콘서트나 팬싸를 갈 수 있을지도
몰라. 너희 부모님은 몰라도 우리 부모
님은 내가 정말 오랫동안 하고 싶고
사고 싶은 일이 있으면 해주려고 노력
하거든. 단지 오랫동안 좋아해야 일이야
. 금방 싫증나는 일들은 굳이 해줘도
소용이 없거든 아, 물론 굳이 콘서트나
팬싸를 안가더라도 난 너가 행복할 수

초등학생까지는 학원 다니지 마.
넌 중학생이 되면 더욱 힘들 거거든.

있는 법을 알려주는 거야. 그들은 보기
안 해도 기분이 좋아지거든. 그니까 유튜브
에 방탄 한 번쯤은 쳐 봐. 좋아하고 안
좋아하는 건 너가 결정하는 거니까 마
지막으로 하나만 너 알려줄게 초등학생
까지는 학원 다니건 아 별 상관 없어
넌 중학생이 되면 더욱 힘들거거든.
O정 한 번 맞아보고 쉬원하게 놀아
제발 점수 때문에 실망하고 남과 비교하
지도 말고 차피 중학교 가연 해야 돼
물론 6학년 때 즘 1 예습 한 번쯤
해보는 것도 좋아 지금까지 내가 알려
준 것 말고도 넌 많은 일들을 겪을
거야 너가 내 성격과 같다연 실수도
많이 하고 모르는 것도 많을거야 애가
좀 어리바리해서 바보같고 그래도 맨찮
아. 그 걸 다 풀어나가다 보면 많이
성장해 있을 걸? 그럼 안녕

김경은 V!

○ 예린아, 너의 글을 마구마구 좋아한다고 말해놓고도 부족해서 하마터면 사랑한다고 말할 뻔했어. 너는 가끔씩 축 처진 얼굴과 몸으로 무기력하게 글을 쓰고 무기력하게 낭독을 한 뒤 집에 돌아가지. 꼭 바람 빠진 풍선같이 말야. 나는 그 헐렁한 뒷모습도 참 좋아하는데, 가끔씩 네가 연필에 힘을 빡 주고 글을 쓸 때가 있어. 그 글들은 나를 깜짝 놀라게 해. 너무 아름다운 표현이 많아서야. 네가 달리기에 대해 쓴 글이 특히 좋아서 몇 번이나 다시 읽었어. 구르기에 대한 글도 마찬가지야. 나는 네가 자랑스러울 때가 많은데 예린아, 너는 스스로를 어떻게 느끼는지 궁금해. 글쓰기를 시작하면 가장 먼저 질투심이 생각난다고 네가 적었잖아. 하지만 질투하느라 피곤해질 필요가 없을 것 같아. 너는 매번 너만이 쓸 수 있는 고유한 글을 써서 내게 들고 오니까.

        ＊ 열두 살 우예린에게
        ＊ 스물다섯 살 이슬아가 사랑을 담아

여수글방
우예린

수학은 머리를 썩게 만들기 때문에 더하기, 뺄셈, 곱셈, 나눗셈만 해.

〈 설명서 〉

여자아이에게 쓰는
인생사용 설명서

14살 우예린

1 죽기 전에는 꼭 좀비고등학교라는 게임
을 꼭 해봐.

이유 : 정말 재미있는 게임이기 때문이야.

2 수학은 더하기, 뺄셈, 곱셈, 나눗셈만
배워라.

이유 : 수학은 머리를 썩게 만들기 때문
에 더하기, 뺄셈, 곱셈, 나눗셈만 해.

3 중학교를 가기 전에는 악기 2개 정도
는 배워라.

이유 : 중학교 가면 악기 2개 정도는 해야
즐기 때문이야.

4. 5, 6학년 되면 빵이나 과자 많이
먹지마.

○ 민서의 글은 틀린 부분 없이 깔끔해서 내가 손 댈 게 별로 없어. 손쉽게 그날의 글을 완성하고 일찌감치 책을 읽는 너의 옆얼굴을 오래 바라보곤 했어. 점점 너의 도도함을 눈치채게 되었지. 민서는 한심하게 구는 남자애들에 대해 아주 단호하게 까칠한 문장을 적곤 해. 심지어 너를 좋아한다고 노래 부르는 남자애들도 여지없이 거절해버리지. 길에서 담배를 태우는 아저씨를 충분히 째려보기도 하고 말이야. "사랑 얘길 하면 볼이 토마토처럼 빨개지는" 남자애에 대해서도 "인기 없고 구린 남자애"라고 일축하지. 이런 글을 써내고 빨리 검사를 맡고 얌전히 책을 읽는 민서를 보면서 생각했어. 민서가 도도함을 잃게 될 순간도 기대된다고. 한심하지만 미워할 수 없는 이들의 미덕을 알아차리게 되기를, 담배를 피우는 사람들을 무조건 경멸하지는 않게 되기를, 바보 같아 보이는 남자애도 더 입체적으로 바라보게 되기를. 그런 기회를 만난다면 민서의 글이 어떻게 달라질지 궁금해.

＊ 열한 살 권민서에게
＊ 스물다섯 살 이슬아가 사랑을 담아

○ 의연이를 처음 봤을 때 쌍꺼풀 진 눈이 반짝이던 게 생각나. 의연이가 쓰는 글은 터프했어. 전혀 얌전하지 않은, 펄떡펄떡 뛰는 문장이 매력적이었어. 이상한 점은 낭독 때 목소리가 참 작다는 것이었는데, 의연이의 야성적인 눈과 글에 비하면 목소리는 너무나 미약하게 들렸어. 나는 의연이의 낭독이 점점 더 분명해지길 기대해. 네가 하고 싶은 말을 나는 정확하게 듣고 이해하고 싶거든. 너의 재밌는 이야기를 아이들도 정확히 들을 수 있다면 좋겠어. 의연이의 더 의연한 낭독을 기대할게.

    * 열세 살 김의연에게
    * 스물다섯 살 이슬아가 사랑을 담아

○ 생머리를 찰랑거리며 예쁜 옷을 입고 총총 걸어서 글방에 오는 시은이. 나는 불안한 마음 없이 널 바라보곤 해. 시은이가 쓰는 글과 시은이가 하는 낭독은 왠지 나를 안심하게 해. 건강함과 야무짐과 엉뚱함 이 세 가지가 시은이 안에 조화롭게 자리잡고 있는 듯해. 날씬한 글씨체로 또박또박 글을 쓴 다음 주저하지 않고 분명하게 글을 읽는 네 모습이 좋아. 예상치 못하게 빠이팅 넘치는 문장으로 글을 마무리하는 생뚱맞음도 좋아. 주저하는 예린이가 너를 바라볼 때 매번 맞장구쳐주는 고갯짓도 좋아. 이 시기의 네 모습과 원고지 위 네 글씨들을 오래오래 기억할게.

＊ 열두 살 박시은에게
＊ 스물다섯 살 이슬아가 사랑을 담아

유나는 가끔씩 주어가 생략된 문장을 쓰곤 해. "카톡이 왔다"라든지, "싫다고 한다"라든지, "입속으로 들어간다"라든지, 누가 혹은 무엇이 그렇게 되고 있는지를 알려주지 않는 과감한 생략을 하지. 그렇기 때문에 유나의 문장은 속도를 획득해. 유나가 쓴 글은 빠른 속도로 읽어내려가게 돼. 문장에 무엇을 넣거나 뺄지에 대한 감이 좋아서, 읽는 사람에게 기분좋은 가독성을 선사하지. 유나가 군이 쓰지 않아도 독자들은 주어가 무엇인지 혹은 누구인지 왠지 모르게 짐작할 수 있어. 유나의 글은 아주 아름다운 한 문장이나 엄청나게 참신한 표현 같은 게 눈에 띈다기보다는, 문단 단위로 빛이 나. 평범해 보이는 문장들이 적절한 배열로 배치되었을 때 얼마나 특별한 한 문단이 되는지를 유나 글에서 배워. 유나가 글쓰기에 대한 기분좋은 애정을 꾸준히 품고 있다면 좋겠어.

* 열다섯 살 김유나에게

* 스물다섯 살 이슬아가 사랑을 담아

○ 세화는 늘 앞쪽에 앉고 내가 시키지 않아도 틈 날 때마다 책을 읽고 있어. 일찍 글을 다 쓴 다음 검사를 받기 위해 원고지를 들고 오지. 내가 너의 종이를 받아들면 너는 가까이 앉아서 내 쪽으로 몸을 가까이 붙이고는 내가 어떤 문장에 밑줄을 긋는지 유심히 살피고 있어. 내가 주는 피드백에 온 상체를 기울여 집중해주어서 매번 고마워. 네가 썼던 '반해본 적'에 관한 글을 읽을 때 나는 세상에서 이 글이 거의 제일 좋은 게 아닐까 하고 잠시 생각했어. 칭찬을 하면 너는 꼭 쑥스러워하지만 그렇다고 너의 상체가 내게서 멀어지지는 않아. 네가 글을 쓰거나 낭독을 할 때에도 좋지만 나는 무엇보다 너랑 나란히 앉아서 네가 쓴 걸 같이 읽을 때 참 행복해져.

* 열두 살 기세화에게
* 스물다섯 살 이슬아가 사랑을 담아

여수글방
기세화

〈설명서〉

여자애에게 쓰는
인생 사용 설명서

13살 기세화

1. 앞에서 하는 말과 뒤에서 하는
말이 다른 사람과는 어울리지 마, 그
애가 나중에 너의 이야기를 할 수도
있어.

2. 학원은 다니지 않아도 돼. (물
너가 필요하면 다니고) 학원을 다니지
않고 학교에서 배워. 그것이 더 나을
도 몰라. 시험 때는 벼락치기로 공부
하렴.

3. 과목. 수학과 사회는 일찍 포기
. 나중에 포기하면 후회할지도 몰라.
리고 과학을 잘 못해도 포기하지 마
나중에 잘 하게 될 거야.

남자애들과 싸울 때는

욕을 잘하는 여자애를 데리고 오거나 가운뎃손가락을 날려.

그다음 유유히 퇴장을 해.

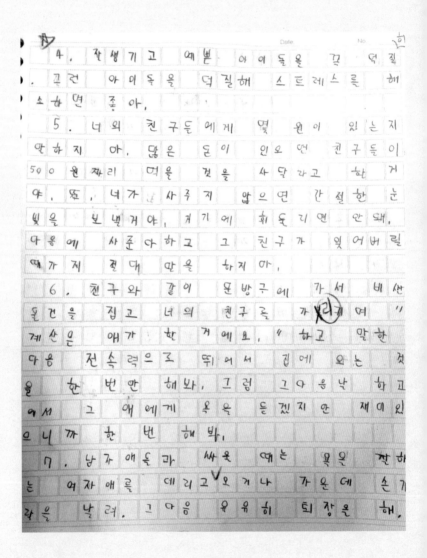

4. 잘생기고 예쁜 아이들을 꼭 덕질 꾸전 아이들을 덕질해 스트레스를 해소하면 좋아.

5. 너의 친구들에게 몇 원이 있는지 말하지 마. 많은 돈이 있으면 친구들이 500원짜리 먹을 것을 사달라고 할 거야. 또, 너가 사주지 않으면 간절한 눈빛을 보낼거야. 거기에 휘둘리면 안돼. 다음에 사준다하고 그 친구가 잊어버릴 때가지 절대 말을 하지마.

6. 친구와 같이 문방구에 가서 비싼 물건을 집고 너의 친구록 가리켜 "계산은 애가 할 거에요." 하고 말한 다음 전속력으로 뛰어서 집에 오는 것을 한 번만 해봐. 그럼 그다음날 학교에서 그 애에게 욕욕 듣겠지만 재미있으니까 한 번 해봐.

7. 남자애들과 싸울 때는 욕을 잘하는 여자애를 데리고오거나 가운데 손가락을 날려. 그 다음 유유히 퇴장은 해.

너와 잘 맞는 친구가 있으면
바로 같이 놀아.
혈액형으로 알아보는 친구 따윈 믿지 마.
너와 잘 맞는 친구면 돼.

그 다음 남자애들이 또 뭐라 그러면 째
, 그럼 끝나.

8. 니가 꼭 봐야 하는 것은 유튜브에
서, 니가 역질하는 사람에 대한 동영상
을 봐, 우울한 때 역직하는 사람의 웃
음 참기 동영상을 보면 웃음이 나올 거야
.

9. 중·고·대학교를 갈 때 너가 꼭
원하는 곳으로 가, 그래야 너가 공부할
맛이 날 거야,

10. 너와 잘 맞는 친구가 있으면 바
로 같이 놀아. 혈액형으로 알아보는 친
구 따윈 믿지마, 너와 잘 맞는 친구면
돼!

○ 규연이의 글을 읽다보면 꼭 야밤에 뭔가를 너랑 몰래 먹고 싶어지더라. 규연이가 얼마나 적절한 야참 파트너인지는 여러 편의 글을 통해 증명되었어. 하지만 너랑 먹었기 때문에 누군가에게 걸릴지도 몰라. 너는 조금 칠칠맞지 못한 인간이기 때문이야. 한번은 내가 사는 서울 마포구 합정동 집에 규연이를 초대했는데 밤늦도록 규연이가 나타나지 않았어. 전화해보니 길을 헤매는 중이랬어. 정말 가까이 있는데 두 시간째 길을 헤매고 있다고 규연이는 웃으면서 말했고 곧 전화기가 꺼졌지. 황당했지만 이상하게 안심이 되어서, 별걱정 없이 널 기다리고 만났어. 규연이 앞에서는 누구라도 조금은 풀어지고 싶어질 것만 같아. 과시하지 않아도 너른 마음씨가 새어나오니까. 규연이는 이 수업에서 거의 제일 친절한 문장가야. 언제나 독자가 읽기 쉽게 쓰고 적당량의 유머를 잃지 않지. 읽는 사람에게 쉬운 문장을 쓰는 건 쓰는 사람에게는 쉽지 않은 일이라는 걸 잘 알기 때문에, 나는 규연이 글의 성의가 그렇게나 보기 좋은 거야.

* 열여덟 살 박규연에게
* 스물다섯 살 이슬아가 사랑을 담아

○　수빈이의 글에서는 버릴 게 특히 없어. 두 가지 이유 때문인데 첫번째로는 네가 언제나 간결하고 명쾌하게 사건의 본질을 말하기 때문이고, 두번째로는 안 그래도 짧은 글이 더 짧아져서는 안 되기 때문이야. 나는 수빈이에게 일본의 소설가 다자이 오사무의 소설 「잎」 중 한 구절을 인용해서 주고 싶어.

형이 말했다. "난 소설이 시시하다고는 생각지 않아. 그저 조금 답답하다고 해야 하나. 단 한 줄의 진실을 말하기 위해 백 페이지가 넘도록 분위기를 잡아야 하잖아." 나는 조심스레 생각하고 또 생각한 다음 입을 열었다. "맞아. 말은 짧을수록 좋은 것 같아. 그 한마디로 모든 것을 믿게 할 수만 있다면."

나는 수빈이에게서 짧은 글의 힘을 자주 느껴. 너의 앞뒤 잘라먹은 짧은 문장을 볼 때마다 나는 네가 쓰지 않은 것들을, 쓰지 않았기 때문에 더 아름다워지기도 하는 수많은 이야기들을 잘 헤아리는 사람이 되고 싶어져. 이 글방이 네가 즐거운 만큼의 분량만 써도 되는 장소였으면 해.

＊　열다섯 살 김수빈에게
＊　스물다섯 살 이슬아가 사랑을 담아

나 사용법

1. 너는 지금까지 받은 돈은 모으고 앞으로 받은 돈도 모으렴.
그러면 너가 나중에 필요 할때 돈을 쓸수 있어

2. 초등학교때 점수가 낮아도 공부는 하거야.
그냥 더하기 빼기 나누기만 하고 할수있어도 좋아.

3. 어렸을 때 배우던 발레 피아노를 계속 배우면
나중에 도움이 되

4. 학교 앞에서 사는 병아리를 사지마.
많이 죽을 꺼야. 다만 너가 책임 질수 있으면
키워도 괜찮아

5. 건강은 안아서 잘 챙기면 되
감기만 조심 하면 아픈일은 없을걸거야.

6. 음식. 음식은 다 잘먹으면 나중에 커서
욕을 듣지 않아

7. 새벽에 핸드폰 많이 하지말고 눈도나 빠지고
키도 안크거든

8. 초등학생때 집에만 있지말고 놀러좀 다녀
중학생 되면 못논다

여수글방
김수빈

학교 앞에서 사는 병아리를 사지 마.
많이 후회할 거야.
음식은 다 잘 먹으면 나중에 커서 욕을 듣지 않아.
초등학생 때 집에만 있지 말고 놀러 좀 다녀.
중학생 되면 못 논다.

○ 누구라도 다시 돌아보게 할 만한 모습의 원경아, 나는 너를 볼 때마다 이 글방 수업을 영화로 만드는 상상을 해. 네가 등장하는 영화라면 어떤 시나리오라도 극장에 가고 싶을 텐데, 그런 얼굴로 진솔하고 기민한 글을 낭독하는 장면까지 나오다니. 영화가 만들어지기만 한다면 많은 관객들의 사랑을 받을 것이 틀림없어. 내가 감독이라면 글방 아이들의 모습을 어떤 구도로 어떻게 찍을까 상상하곤 해. 각자가 가진 목소리의 특징에 따라 마이크의 거리를 섬세하게 조절할 거야. 그런데 그걸 찍으려면 카메라 뒤로 빠져서 숨을 죽여야 하잖아. 입다문 관찰자가 되는 것도 좋지만, 아무래도 이 공간에서 나는 말을 걸고 큰소리로 웃는 사람이고 싶어. 내가 적극적으로 개입하고 싶은 이 집단에, 너는 한 달에 두 번씩 숏컷을 무심히 휘날리며 등장하지. 네가 나타날 때마다 여자애들은 매번 잘생겼다는 말을 빠뜨리지 않지. 너는 조용히 글을 쓰고 낭독을 하지. 위태로울 만큼 아름다운 글을 읽을 때도 있지. 그래서인지 네가 글을 읽을 때면 이 모든 게 꼭 영화 같았어.

　＊　열일곱 살 서원경에게
　＊　스물다섯 살 이슬아가 사랑을 담아

○ 물기 어린 커다란 눈망울로 글방에 등장한 주영이. 예의 그 차분한 표정과 자세로 글방 안에 앉아 있는 주영이. 칠판 쪽을 똑바로 보면서 고개를 끄덕여줄 때마다 나는 막 힘이 났어. 눈길에서는 고요한 내공이 느껴졌던 것도 같아. 어떤 글감을 주어도 정해진 분량을 끈기 있게 채워오는 정성과 성실함이 참 좋았어. 원고지 위엔 네 모습과 닮은 글씨체가 정갈하게 쓰여 있고, 나는 아무런 막힘 없이 그걸 읽어나가. 그래서인지 주영이에겐 고마움이 이만큼이나 쌓여 있어. 너랑 좋은 숲길을 걸을 기회가 있었으면 해. 올해에도 우리 서로를 잘 알아보자.

* 열여덟 살 서주영에게
** 스물다섯 살 이슬아가 사랑을 담아

◯　　오승아랑 내가 동갑인 상상을 자주 해. 아마 우린 서로 거친 욕을 주고받으면서 가까이 지내지 않을까. 쓸데없는 얘기를 하고 분식을 같이 먹고 후회할 만한 쇼핑을 자주 하면서 같이 10대를 보내는 우리의 모습이 상상돼. 너는 솔직하고 웃기고 제스처도 왈가닥이잖아. 그런 너의 모든 행동거지는 내 정신을 산만하게 하지만, 네 덕분에 내 산만함도 편안하게 튀어나오지. 내가 그림을 더 잘 그렸다면 꼭 네가 등장하는 청춘만화를 그릴 거야. 특징적인 너의 이목구비와 숏컷이 살아 있는 캐릭터를 주인공 삼아서 너의 좌충우돌 일주일에 대해 그릴 거야. 그런데 사실 안 그려도 될 것 같아. 왜냐하면 네가 직접 잘해낼 것 같으니까. 오승아는 오승아를 주인공으로 한 서사의 달인이 될 거라고 짐작해. 네가 그런 이야기를 만든다면 나는 첫번째 애독자가 될게.

＊　열다섯 살 오승아에게
＊　스물다섯 살 이슬아가 사랑을 담아

○ 누가 아림이를 싫어할 수 있을지 궁금해. 나는 들장미 소녀 캔디보다도 빨강머리 앤보다도 아기 해달 보노보노보다도 윤아림이 더 좋더라. 아침 버스 안에서 자기 맘대로 글을 쓰곤 한다는 너의 고요한 시간을 상상해보았어. 꾸준히 매일매일 발전하는 너의 모습을 보며 나도 조금 더 부지런해질 힘을 얻곤 해. 너처럼 부드럽게 세상 위를 떠다니고 싶어.

*
* 열여덟 살 윤아림에게
*
* 스물다섯 살 이슬아가 사랑을 담아

○ 혜원아, 너는 모르겠지만 나는 가끔 실수로 너를 언니라고 부를 뻔한 적이 몇 번 있어. 부끄러운 실수지만 한편으로는 왜 그런 말이 튀어나올 뻔했는지 이해되기도 해. 너의 긍지와 치열함과 성숙함은 나를 그저 감탄하게 만들고, 언니라고 부르면서 같이 일하고 싶어질 만큼 대단해 보일 때가 많아. 수년간 글방을 해오면서 너에게 다양한 종류로 감탄해왔어. 정혜원은 그야말로 근면성실의 왕이니까. 나는 너를 오직 글방에서만 만나고 그건 네 삶의 아주 일부일 테지만, 글방에서만 보아도 네가 얼마나 밀도 높은 일상을 사는지 짐작할 수 있어. 네가 해내고 있는 것들이 거의 존경스러울 경지로 보이기도 해. 그 와중에도 네가 이 글방에 들이는 최선의 집중력과 성의가 그저 고마울 따름이야. 너의 글은 늘 얼마나 꼼꼼하고 알찬지! 그러니 스스로에게 훨씬 더 관대해지면 좋을 것 같아. 야무지고 부지런한 자신에 대해서 말이야. 사느라 수고가 많아. 혹시나 힘에 부치면 언제든 덜 열심히 살아도 된다는 걸 기억해줘.

＊ 열여덟 살 정혜원에게
＊ 스물다섯 살 이슬아가 사랑을 담아

◦ 이마 미인 하은아, 머리카락을 많이 뽑는 하은아, 나는 너에게 거리를 두는 것에 자주 실패하곤 해. 동질감 때문일 거야. 네가 쓰는 글의 어떤 부분과 네가 짓는 알 듯 말 듯한 표정을 볼 때, 그리고 금방이라도 웃어버리거나 금방이라도 울어버릴 것 같은 얼굴을 볼 때, 저것은 나에게도 있는 결이라고 생각했어. 누구도 너의 유일무이한 감수성을 해치지 않기를 바라. 너를 혹시 상처낼지도 모르는 불특정 다수의 누군가도 성급하게 미워해버릴 만큼 나는 네가 좋다!

     ✻ 열일곱 살 박하은에게
     ✻ 스물다섯 살 이슬아가 사랑을 담아

○ 예련이에겐 하고 싶은 말이 특히 많지만, 그래서 더더욱 말을 아끼려고 해. 너는 바로 알아듣겠지. 내가 좋아하는 신형철 평론가의 말을 빌려서 너에게 내 맘을 짧게 전하고 싶어. 지금 내가 가장 읽고 싶은 것은 허예련의 다음 글이야.

* 열다섯 살 허예련에게
* 스물다섯 살 이슬아가 사랑을 담아

여수글방
허예련

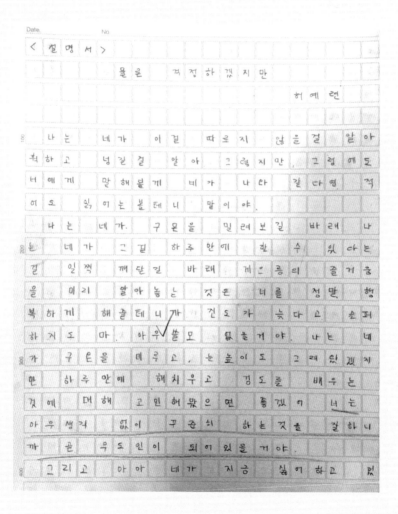

< 설 명 서 >

　　　물론　거정하겠지만

　　　　　　　　　　허예련

나는　네가　이걸　따로지　않을걸　알아
착하고　넓길걸　알아　그렇지만,　그럼에도
너에게　말해볼게　비가　나라　길　다행　적
이오　읽이는　볼테니　말이야.
　나는　네가.　구문을　밀려보길　바래　나
는　네가　그길　하주　안에　할　수　있다는
걸　일찍　깨닫길　바래　게으름의　즐거움
을　미리　알아놓는　것은　너를　정말　행
복하게　해줄테니까　긴오가　늦다고　손저
하지도　마.　아우쁠모　없을거야.　나는　네
가　구튼을　미우소,　눈눈이도　그래했겠지
만　하루안에　해치우고　검도를　배우는
것에　더해　고인허쀼으면　좋겠어　너는
아우생겨　없이　구춘히　하는것을　걸하니
까　곧　우도인이　되어있을거야.
　그리고　아아　네가　지금　싫어하고　있

남자애들의 팔은 그만 꺾어줘.
너를 가녀리다고 생각하는 것은
너의 할머니들뿐이라는 것을 항상 명심해.

을 그 선생님들께 아주 조금의 애정을
갖길 바래. 아 싸 누군가는 그들을 좋아
해주는게 나중에 네 마음을 덜어주는
걸 거야
　그리고 정말 부탁이지만 남자애들의
팔은 그만 꺾어줘 그 아이들이 절대
네게 맞는게 좋아서 맞아주고 있는게
아니야. 그거 네가 힘이 센거야. 너를
가녀려다ㄴ 생각하는 것은 너의 할머니
들뿐이라는 것을 항상 명심해. 네게 팔
이 꺾인 그 애들과의 로맨스를 너는 꿍
꾸게 될거야 그러니 그대로 받아들여 정말
아파서 소리지를 것인거야.
　되도록이면 할머니댁에 자주 가려고
노력해. 정말 그러는 것이 모두에게 를
을 거야. 물론 그러지 않겠지안.
　네가 나만 닮았다면 아마 모겠지안
제발 방에 인소보지 말아줘. 그것은 허의
연애력을 1도 올리지 못한뿐더러 비
키를 줄일거야. 아직은 네가 크다ㄹ 생

네게 팔이 꺾인 그애들과의 로맨스를
너는 꿈꾸게 될 거야.

각하겠지만 절대 아니니 너무 거질까봐
걱정할 필요는 전혀 없어 니면 작을테니
까
네가 나만 닮았다면 ~~저~~ 너희 아빠도 네
게 자상하시겠지ㄹ 절 ~~X~~ 네가 더 똑똑
하다는 자부하지아 안 똑똑하니까 네가
안다고 생각해도 흘싹 데지아 네가 더
상처받은 테니까 너는 누군가에게 상처
를 잘 주ㄴ 오 후회는 더 갈산 테니
까
하지만 나는 내가 정성스레 쓴 이
상견들을 듣지 않을걸 알아. 오 다시
걱정한걸 알아. 방에 늦게 잘걸 알아.
그래서 마지막으로 네가 당장 조원사거
리의 순드부께개를 먹없으면해 너를 가
장 행복하게 해줄거야.

망 좋아!

글투의 발
           견

○

    하루는 글쓰기 수업에서 과제를 걷은 뒤 제목 옆
에 적힌 아이들의 이름을 가려보았다. 그리고 과제를 마구 섞어
버렸다. 그러자 글의 주인이 누구인지 알기 어려워졌다. 이름 없
는 여러 편의 글들을 칠판에 붙이고 아이들에게 제안했다. 각각
누가 쓴 것인지 맞혀보자고. 이름이 적혀 있지 않음에도 불구하
고 아이들은 단번에 글의 주인을 찾아냈다. 같은 종이에 동일한
폰트와 형식으로 적혀 있지만 모든 글이 다른 목소리를 내고 있
어서다. 글쓰기 수업에 같이 다닌 몇 달 사이 서로가 쓰는 문장
의 습관을 알아챈 것이다.
  이를테면 이런 첫 문장이 있다.

> 지금부터 내가 비겁했던 순간에 대해 써보겠다. 난 비겁했던 적이 많아서 다 기억나지는 않기 때문에 아주 잘 생각나는 것만 쓸 것이다.

이것이 열두 살 주현이의 문장임을 아이들은 금세 알아챈다. 그는 늘 자신이 무엇을 쓸지 독자에게 예고한 뒤 이야기를 진행하기 때문이다. 마지막 문장에서 이야기를 정리하는 것도 잊지 않는다.

> 지금까지 비겁함에 관한 얘기였다. 이제 마치겠다.

마치 뉴스 앵커 같다. 조금 경직된 표정으로 독자에게 소식을 전한 뒤 꾸벅 인사를 하고 퇴장하는 듯한 주현이의 글이다.
또다른 아이의 과제에는 이런 마지막 문장이 적혀 있다.

> 동생은 무슨 생각을 하는 걸까? 나는 그것이 궁금하다.

이 한 줄만으로도 아이들은 열두 살 정우의 이름을 외친다. 정우의 글은 언제나 무언가를 궁금해하며 끝나는 경향이 있다. 선생님이 왜 이런 주제를 준 건지도 궁금하고 옆자리에 앉은 형은 글을 쓰면서 무슨 생각을 하는지도 궁금하다. 하지만 질문을 던지자마자 글을 마치기 때문에 답이 적히는 경우는 없다. 그저 어깨를 한번 으쓱하고 끝나는 글들이다. 나는 그에게 마지막 문장이 아닌 첫 문장에 질문을 써보자고 말한다. 호기심으로 끝나는 문장 말고 호기심에서 시작하는 이야기를 제안하는 것이다. 사랑은 궁금해하는 것에서부터 출발하기 때문이다.

또다른 종이에 적힌 문장은 훨씬 구구절절하다.

그애는 나를 그냥 스쳐지나갔다. 지난 한 달 동안 나는 그애에 관한 온갖 상상에 빠져 단물에 절어 있었는데 이제는 마치 티백처럼 손쉽게 건져진 뒤 물기를 쫙 빼서 곶감처럼 말려진 느낌이었다.

아이들은 열네 살 예련이의 이름을 외친다. 아주 짧지만 중요한 찰나에 관해 온갖 비유를 끌고 와서 최대한 극적으로 쓰는 것이 예련이의 방식이다.

아이들 각자의 이 방식들을 나는 글투라고 말한다. 말하는 사람 모두에게 말투가 있듯 글쓰는 사람 모두에게 글투가 있다. 글투는 문체이기도 하고 '이야기를 하는 표정'이기도 하다. 과제에서 이름을 지워도 글쓴이의 표정은 지워지지 않는다. 물론 이 표정은 고정된 것이 아니다. 각자 타고난 얼굴이 있긴 하지만, 어떤 작가들을 흡수하느냐에 따라 시시때때로 변하기도 한다. 아이들도 나도 글투를 미세하게 재형성하며 글을 써나간다.

영화 〈매니페스토〉에는 한 글쓰기 교사가 등장한다. 그는 칠판에 "독창적인 것은 없어Nothing is original"라고 적은 뒤 아이들에게 이렇게 말한다. "독창적인 것은 없다. 어디서든 훔쳐올 수 있어. 영감을 주거나 상상력을 자극하는 거라면 뭐든지 얼마든지 집어삼켜. 옛날 영화, 요즘 영화, 음악, 책, 그림, 사진, 시, 꿈, 마구잡이 대화, 건물, 구름의 모양, 고인 물, 빛과 그림자도 좋아. 너희 영혼에 바로 와닿는 게 있다면 거기서 훔쳐오는 거야. 독창성은 존재하지 않으니까 훔쳤다는 걸 숨길 필요 없어. 원한다면 얼마든지 기념해도 좋아."

그런 뒤에 교사는 이렇게 덧붙인다. "하지만 장뤼크 고다르가 한 말은 꼭 기억해야 해. '문제는 어디서 가져오느냐가 아니라, 어디로 가져가느냐다.'"

아이들은 글을 쓰기 시작한다. 종이 위에서 자기만의 표정으로 이야기를 전개한다. 그 표정 때문에 같은 하루를 보내고 나서도 서로 다른 일기를 쓴다. 그들의 글투를 발견하고 수호하고 추가하는 것이 글쓰기 교사의 의무 중 하나일 것이다.

2020. 1. 27

＜ 수필 ＞

행복 수 - 1 가정기

나도 내가 낯설 때

13살 박주현

○ 일단 내가 거울이나 셀카를 찍을 때 내가 낯설다. 그냥 이상한 생각을 하다가 거울을 가끔 보는데 그때 갑자기 귀여운 척을 한다. 그러다 갑자기 정신을 차리면 내가 뭐하는 거지 하면서 할일을 하러간다.

○ 그리고 공방이 끝나고 엄마 차에서 폰을 하고 있었는데 가희가 우리 엄마 차쪽으로 오더니 갑자기의 겉에서 이상한 춤 같은 걸 추면서 민지랑 차문을 열고 카메라로 가희을 찍었다 그래서 가희에 사진을 보고 "내가 이걸 왜 찍었지" 하연서 지우지 않고 보관하고 있다.

○ 마지막으로 학급임원 선거를 할때이다

반장, 부반장이 되고 싶진 않은데
선생님이 할 사람 손 들라고 하면 그냥 뭔가 자연스럽게
손을 들어서 반장이나 부반장이 돼서 망하고 나면,
자괴감이 들면서 내가 낯설어진다.

왜냐하면 반장, 부반장이 되고 싶진 않은데
선생님이 ①할사람 ②손들라고 하면 그냥 뭔가
자연스럽게 손을 들어서 반장이나 부반장
이 돼서 ③망하고 나면 ④자괴감이 들면서 내가
낯설어진다

① 갑자기 귀여운 척을 한다
② 갑자기 정신을 차리면…
③ 갑자기 길에서 이상한…
④ 같이 차운을 열고…
⑤ 가희의 사진을 보고…
⑥ 우리 엄마 차 쪽으로…
⑦ 할 사람…
⑧ 손 들라고 하면…
⑨ 망하고 나면…
⑩ 자괴감이 들면서…

쉬운 감동, 어려운 흔들림

○

　　비건 지향 생활을 시작한 뒤부터 이 시대의 영상들을 새롭게 감각하게 된다. 비건은 동물성 식품을 먹지 않는 것뿐 아니라 나와 타자가 맺는 관계를 돌아보고 다시 설정하는 일이기도 하다. 무엇을 먹을지에 대한 고민만큼이나 무엇을 볼지에 대해서도 여러 고민이 생긴다. 유튜브 시대를 나의 글쓰기 수업에서도 실감하는데, 많은 아이들이 유튜브에서 본 영상에 대한 글을 써오기 때문이다. 자신이 좋아하는 뮤직비디오나 먹방이나 게임 채널이나 ASMR를 소개하고 감상을 적는다. 그중에서도 나의 학생들이 가장 잦은 빈도로 시청하는 것은 동물 영상이다. 유튜브나 인스타그램 영상들 속 동물들이 얼마나 귀엽고 웃기고 놀라운지를, 혹은 얼마나 감동적이고 슬픈지를 증언하는 글을 쓴다. 그걸 읽으며 나는 학생들의 여가시간을 상상하고, 가끔 웃고, 또 가끔은 어떤 표정을 지을지 쉽게 결정하지 못한다.

자신의 반려견이 죽음을 맞는 순간을 촬영한 영상이 유튜브에는 아주 많다. 죽기 직전의 개와 그 개를 둘러싼 가족과 절절한 호명과 울음과 사랑의 메시지가 스마트폰 카메라를 통해 생생히 기록돼 있다. 제목엔 날짜와 개 이름과 '무지개다리 건너는 순간'이라는 문장이 쓰인다. 나는 동물 영상을 잘 보지 않지만, 아이들이 영상을 구체적인 문장으로 옮겨적어오는 날엔 그 죽음의 현장을 상상하게 된다. 아이들은 그걸 보며 눈물을 참을 수 없었다고 쓴다. 나는 그들이 슬펐다는 것을 의심하지 않는다. 또한 영상 속 동물과 사람들이 겪은 슬픔의 무게나 진정성에 대해서도 감히 어떤 말을 덧붙이고 싶지 않다.

다만 그 영상을 보는 일에 관해 생각한다. 아이들이 느낀 슬픔의 정체를 생각한다. 나 역시 반려묘와 함께 살며 날마다 미안해하고 고마워하므로 그 존재를 떠나보내는 슬픔을 고통스럽게 짐작할 수 있다. 하지만 그 죽음의 장면이 웹에 업로드되어 누구나 언제든 시청할 수 있다는 것은 기이하게 느껴진다. 데이터가 무한 복제되고 무한 반복 재생도 가능한 시대에 본다는 것의 의미를 다시 생각한다. 봄으로써 발생하는 감정의 결에 대해서도 세세한 구분이 필요하다.

앞서 언급한 영상에서의 슬픔은 시청자를 위협하지 않는다. 그것은 어쩌면 '보고 싶은 슬픔'이자 '소진되기 좋은 슬픔'이다. 시청자의 일상을 흔들지 않는 선에서 소비된다. 정신분석학자 백상현은 그의 책 『속지 않는 자들이 방황한다』(위고, 2017)에서 스펙터클 사회가 미디어를 통해 제공하는 감정의 고양 상태에 관해 말한다.

> 텔레비전의 다양한 프로그램들은 웃음과 슬픔, 분노와 노스탤지어의 감정을 자극하지만 정작 이것이 겨냥하는 것은 감정의 소진상태이다.

우리는 예능이나 드라마나 영화나 유튜브 영상 클립 등을 통해 여러 감정을 느끼지만, 극적인 비극을 본 뒤에도 대체로 별 탈 없이 일상으로 복귀한다. 숱한 미디어콘텐츠가 주는 카타르시스 기능은 어제의 내가 변함없이 오늘의 나로 살아갈 수 있도록 안정화 역할을 한다. 라캉은 이런 안정화를 비난했다. 안정화란 "어제와는 다른 내가 될 수 있는 가능성을 차단하면서 우리의 마음을 고착시키는 부정적인 것"일 수 있기 때문이다. 『속지 않는 자들이 방황한다』에서는 그걸 '살균된 슬픔'이라고 표현했다.

진정한 슬픔과 분노는 우리의 존재를 뒤흔든다. 원래 자리한 위치에서 떨어져나가게 하고 방황의 여정을 시작하게 한다. 라캉은 말했다. "만일 슬픔이 우리의 '감정'에 진실한 효과를 불러일으킬 수 있다면 그것은 '감동'의 카타르시스가 아닌 '흔들림'을 통해서일 뿐"이라고.

감동적인 동물 영상들이 범람하는 한편에는 공장식 축산과 공장식 수산 현장이 있다. 그라인더에 갈리는 병아리와 살처분 당하는 돼지의 얼굴들도 있다. 그 현장 역시 마음만 먹으면 유튜브에서 시청 가능하다. 나는 이쪽이 더 진실에 가깝다고 생각한다. 믿고 싶지 않지만 슬픔의 실체는 거기에 죄다 있다고 생각한다. 비교적 조회수가 높지는 않다. 우리의 일상을 흔드는 슬픔이기 때문이다. "망각을 위한 카타르시스의 기능"이 거기엔 없다. 그 슬픔은 너무도 불편하여 우리를 어제와 똑같은 존재로 남겨두지 않는다. 비건이 아닌 이들에게도 분명히 어떤 영향을 미치고야 마는 이미지들이다.

동물을 가장 많이 귀여워하는 시대이자 동물을 가장 많이 먹는 시대를 살고 있다. 외면하는 능력은 자동으로 길러지는 반면, 직면하는 능력은 애를 써서 훈련해야 얻어지기도 한다. 무엇을 보지 않을 것인가. 무엇을 볼 것인가. 스스로에게 그리고 아이들에게 어떻게 말해야 할지 고민하며 수업에서 나온다.

2019. 5. 6

청소년 글방

◆

건전 교사

○

    헬스장에서 45킬로그램짜리 바벨을 들다가 분주히 샤워를 하고 출근했다. 길을 걸으며 오늘의 수업에서 낭독할 재미난 글을 떠올렸다. 날이 따뜻했다. 재킷을 벗고 반팔만 입은 채 학교에 들어섰다. 브래지어를 안 했다는 사실이 생각났다. 사시사철 안 하긴 하지만 노브라가 티 나는 계절이 어느새 성큼 다가온 것이다. 하지만 이 학교에서 노브라를 문제삼을 것 같지는 않았다. 작은 가슴이라 티도 별로 안 났다. 운동하고 와서 그런지 허기가 졌다. 1층 카페에서 비건 와플을 사먹었다. 생각보다 양이 많아서 옆에 있던 다른 교사랑 나눠먹었다. 교무실에는 내가 좋아하고 신뢰하는 어른들이 있다. 매주 그들과 짧은 수다를 떨다가 교실에 들어간다.

"안녕!"

하며 입장한다. 여섯 명의 10대들이 책상에 모여 앉아 있다. 그들 중 하나가 말한다.

"보고 싶었어요."

내가 말한다.

"나도야."

물론 진심이다.

나는 그들의 실명과 나이를 모른다. 이곳은 자기가 불리고 싶은 이름으로 불리는 장소이기 때문이다. 언니, 오빠, 형, 누나 같은 호칭도 쓰지 않는다. 굳이 물어보지 않는 이상 졸업할 때까지 실명을 모르는 채로 지내는 경우가 많다. 그 무지 때문에 알게 되는 많은 것들이 있다.

그들과 지난 한 주의 근황을 나눈다. 봄이라 그런지 자꾸 잠이 쏟아진다는 아이, 검정고시를 보고 왔다는 아이, 어제 광화문에 다녀왔다는 아이, 비건인 형과 함께 채식 마라탕을 먹고 왔다는 아이…… 매주 다른 근황이 업데이트된다. 그들에게 내 근황도 전한다.

한창 얘기를 하던 중 핸드폰 화면에 반사된 내 얼굴이 보였다. 그런데 왼쪽 입가에 고동색 초콜릿 자국이 묻어 있는 게 아닌가. 손등으로 황급히 닦았다. 아까 먹은 비건 와플에 묻어 있던 소스라면 적어도 20분은 묻히고 있었던 거다. 학생들을 원망하며 물었다.

"내 입에 뭐 묻었다고 왜 아무도 안 말해줘?"

그들이 웃었다.

"몰랐어요."

"안 보였어요."

만약 내가 또 얼굴에 소스를 묻히고 온다면 그땐 꼭 말해달라고 했다. 그들은 그러겠다고 했다. 근황 나누기와 소스 닦기를 마치고서 우리는 여섯 편의 글을 읽었다. 지난주에 내가 과제로 내준 글감은 '비밀'이었다. 비밀에 관해서 각자 쓰고 싶은 이야기를 자유롭게 써오는 과제였다. 이번만 예외적인 규칙이 있었는데 바로 이름을 표시하지 말자는 거였다. 보통은 제목 옆에 자신의 이름을 쓰지만 이번에는 안 그러기로 했다.

나는 여러 글방들에서 글쓴이의 이름을 가리고 글을 읽어보자고 제안한다. 첫번째 이유는 작가가 누구인지 확신하지 못한 채로 읽으면 뭐가 다른지 실험해보고 싶어서다. 편견과 속단으로부터 자유로운 독서가 될 수도 있고 아닐 수도 있었다. 두번째 이유는 이름이 안 적혀 있어도 누구의 글인지 과연 맞힐 수 있을까 궁금해서다. 이들처럼 같은 학교에 다니는 친구 사이일 경우 더 흥미로웠다. 매일 만나는 사람도 글에서는 생전 처음 보는 이처럼 낯설 수 있었다.

이삼십 분 동안 글을 읽고 합평을 시작했다. 아이들의 명중률은 기대 이상이었다. 원고에 이름이 없는데도 자신들 중 누가 쓴 글인지 단번에 감을 잡았다. 말하기에서 말투가 있듯, 글쓰기에서도 글투가 있기 때문일 것이다. 자기 목소리가 음성 지원되는 듯한 문장을 쓰는 애들이 있다. 그런 애한테 친구들이 말한다.

"이 글은 딱 봐도 너야. 빼박이야."

들켜버린 글쓴이는 민망하고도 재미있어서 막 웃는다. 쉽게 파악당하지 않기 위해 평소 자기 글투를 최대한 뺀 아이도 있다. 하지만 예리한 글쓰기 동료들은 그런 글조차 바로 알아본다.

"언뜻 보면 네 글이 아닌 것 같지만 한 번 더 읽으면 네 글인 걸 알게 돼. 검정 도화지 위에 열심히 파란색을 칠해보았지만 테두리를 미처 못 칠한 것 같달까. 거기 검은색이 살짝 보이는 거지."

만만치 않은 피드백이 오고간다. 이럴 때 나는 그냥 막 웃으며 관전한다. 다른 아이의 글 위에는 또 새로운 합평의 말들이 쌓인다.

"이 글을 읽다보면 왠지 종이가 낡고 누런 것처럼 느껴져. 흰 종이인데도!"

"맞아. 막 옛날 책처럼……"

그들의 느낌은 일리가 있다. 아주 비장하고 고전적인 문체로 쓰인 글이라 종이조차도 오래된 것처럼 느껴지는 것이다. 그 글을 쓴 아이는 2016년의 고교생 연애담도 꼭 『로미오와 줄리엣』

희곡처럼 연출해놨다. 의도한 것은 아닌 듯하다. 글쓰기에 관한 마음의 진입장벽이 높은 나머지 모든 이야기를 지나치게 비장한 문장으로 옮기게 되었을 확률이 크다. 그 밖에도 누구의 글인지 추측하는 우리들의 근거는 각양각색이다.

"이 글은 첫 문장이 너무 이상한 걸 보니까 쟤가 쓴 것 같아."

"맞아. 이렇게 어이없는 문장은 쟤밖에 안 써."

"저 글은 '~했기에'라는 말이 자주 나오는 걸 보니까 애가 쓴 것 같아."

"마지막 글은 왠지 몰라도 남자애가 쓴 것 같아. 대사가 구린 걸 보니까 남자가 쓴 느낌이 나."

일리 있는 추측들이 난무하는 가운데, '비밀'에 관한 여섯 편의 이야기가 우리 사이에 공유되었다. 흔하다면 한없이 흔하고 특별하다면 한없이 특별할 이야기들이었다.

그중 한 남자애는 몰래 먹은 술에 관해 썼다. 이제 막 자취를 시작한 형의 남루한 집에 모여서 생애 첫 소주를 마신 날을 회상한 글이었다. 그날 취한 형 누나들과 여러 음담패설을 나눴댔다. 자위와 콘돔과 학교에서의 성교육과 머지않은 미래에 맞이하게 될 첫 경험에 관한 예측 등…… 글 속에서 그는 자꾸 강조했다. 그 대화가 얼마나 건전했는지를. 얼마나 건전하고 떳떳했는지를.

별 사고 없이 재밌게 놀았다니 다행이지만, 나는 혼자 이상한 기분이 들었다. 섹스 얘기가 꼭 건전해야 하나…… 건전한 섹스 얘기란 무엇인가…… 친밀하고 편안하면서도 무례하지 않은 분위기에서의 섹스 얘기일까. 떳떳해야만 좋은 섹스인가. 수치심을 즐길 유일한 장르이기도 하지 않나. 아무튼 섹스 앞에 붙는 '건전한'이라는 형용사는 어딘가 우스웠다. 건전한 섹스가 뭐지. 정상위로만 하는 섹스인가. 아니 체위는 건전이랑 상관없잖아…… 혹은 사랑하는 사람끼리 하는 섹스를 말하는 건가…… 하지만 안 사랑하는 애랑 잤을 때도 좋았는데…… 그런 생각을 하느라 칠판 앞에서 나는 잠깐 멍해졌고 귓가에서 학생들의 목소리가 불투명하게 맴돌았다. 나를 구원했던 온갖 불건전한 것들이 생각났다. 그 불건전이 어떤 해방과 건강을 선물했는지도.

아무튼 건전에 대해 확실한 것은 내가 건전하게 피임하고 있다는 사실 정도였다. 루프 시술을 받은 지 어느새 1년이 지나 있었다. 이런 얘길 그 교실에서 다 할 수는 없었다. 말을 아껴야 했다. 그들이 이걸 알아가는 순서를 방해하고 싶지 않았기 때문이다. 내가 첨언하지 않아도 각자의 속도와 방식대로 섹슈얼리티의 역사를 쓸 것이다. 그들이 경험할 일들은 내 것과 아주 다를 수 있고, 만약 비슷하다 해도 굳이 나를 통해 예고편을 듣지 않아도 좋을 것이다. 건전한 음담패설에 관해 쓴 아이에게는 내가 아주 좋아하는 섹시한 영화와 문학 작품 몇 개를 추천한 뒤 넘어갔다.

한 여자애는 자기가 간접적으로 일조했던 집단 따돌림에 관한 글을 써왔다. 그 얘길 처음 꺼낸 것처럼 보이는 글이었다. '비밀'이라는 글감을 마주했을 때 가장 찔렸던 이야기를 써온 듯했다. 늦은 반성문 같았다. 늦은 걸 알면서도 시도해보는 속죄 같았다. 그이야기 속의 살벌한 풍경은 내가 속했던 청소년기의 풍경이기도 했다. 그 여자애의 글 속에서 한 교사는 화자에게 이렇게 말한다.

"A가 예전에 왕따를 당한 적이 있어서 아픔이 많아. 너네가 잘 챙겨줬으면 좋겠다."

그 부분을 읽고 옆에 있던 아이가 말했다.

"선생님이 진짜로 이렇게 말했다면, 정말 경솔했던 것 같아요."

나도 고개를 끄덕였다. 교사는 자기가 가진 정보를 신중하게 선별해서 말해야 할 의무가 있었다. 한 아이의 사정을 다른 아이에게 허락 없이 노출시켜서도 안 되고, '왕따'와 '아픔'이라는 단어를 그렇게 간단히 한 문장에 정리해서도 안 됐다. 생각나는 것을 죄다 말하지 않는 윤리에 대해 생각했다. 교사와 학생 사이에서뿐 아니라 모든 관계에서 신중해야 하는 부분이었다.

인쇄된 글들을 앞에 두고 몹시 영민하게 좋은 부분과 나쁜 부분을 짚어내는 학생들의 목소리를 들으며 자세를 고쳐 앉았다. 그들 앞에서 생각 없이 해온 말들을 되감기했다. 그들이 통과하는 시절은 내가 이미 거쳐본 것이라고 섣불리 판단하며, 나보다 어리다고 긴장을 풀기도 했고, 불건전한 말들도 툭툭 내뱉으며, 얼마나 자주 경솔했는지 모른다.

나를 스쳐간 선생님들을 떠올리며 퇴근했다. 그들이 내게 하

○ 153

려다 말았을 무수한 말들은 짐작만 할 뿐이었다.

2019. 4. 17

남중생과　나

○

　　　일반 제도권 학교의 수업을 한 학기 동안 맡은 적
이 있다. 중학교 1학년 학생들에게 글쓰기와 만화 창작을 가르
치는 일이었다. 나는 소규모 학교에서만 10대 시절을 보내서인지
대규모 학교에 들어설 때마다 낯선 피로를 느낀다. 복도에서 뛰
고 소리지르고 웃고 치고 욕하고 째려보는 수많은 아이들을 지
나 내게 배정된 교실에 들어간다. 그 교실에는 서른 명이 넘는 아
이들이 비슷한 패딩을 입고 앉아 있다.

　　그중 내 시선을 빼앗는 건 대낮부터 소주 세 병 마신 것처럼
거나한 얼굴로 쉴새없이 떠드는 남자애 둘이다.

　　그들의 볼따구는 도대체 왜 그렇게나 빨간 것인가!

그들은 왜 급식을 먹고도 취객처럼 구는가!

징하게 시끄러운 그들에게 나는 제안한다. 잠시 밖에 나가서 진정하고 오지 않겠냐고. 열네 살의 남자 두 명이 진정하러 복도에 나간다.

5분 뒤 내가 복도 쪽으로 얼굴을 내밀면 둘은 웃음을 참으며 짐짓 점잖은 척을 하고 있다. 내가 묻는다.

"이제 진정됐어?"

둘 중 하나가 대답한다.

"가슴이 요동쳐요."

다른 하나가 대답한다.

"얘 아까 심한 말이랑 야한 말 했어요."

다른 하나가 발끈한다.

"썹새끼야, 내가 언제? 니가 아까 먼저 자지라고 했잖아."

"뻐큐만 했지 자지라고는 안 했다."

그러다 다른 하나가 회심의 일격을 가하듯 외친다.

"선생님! 얘 꿈이 작가래요!"

"씨발, 내가 언제 그랬냐고! 선생님 얘가 하는 말 다 구라예요."

그들 사이에서 작가 되기란 지나치게 진지해서 조롱하고 싶은 무엇이다. 자지라고 말한 것보다 작가가 꿈이라는 말이 더 심하게 수치스러운 듯하다. 나는 새삼 내 직업이 너무 웃기게 느껴진다.

작가란 뭘까……

이후 그들은 교실로 돌아와 내가 나눠준 만화자료 위에 낙서를 한다. 뭔가를 그리며 숨넘어가게 웃는다. 가서 확인해보면 귀여운 모양의 고추가 서너 개 그려져 있다. 두 남자애들은 거의 눈물을 닦아가며 웃고 있다.

자지란 뭘까……

하루는 수업중에 아이들 중 한 명이 외쳤다.

"첫눈 온다!"

나는 창가로 가서 커튼을 활짝 열었다. 운동장에 싸라기눈이 휘날리고 있었다. 밖을 보다가 말했다.

"글 다 쓰면 밖에 나가서 놀아도 돼."

모두가 엄청나게 빨리 연필을 놀리기 시작했다. 눈을 딱히 좋아하지 않는 것 같은 애들도 속도를 냈다. 내가 데이트하러 가려고 마감을 마구잡이로 처리할 때의 모습과도 흡사했다. 여기저기서 외침이 들려왔다.

"다 했어요!"

"저도 다 했어요!"

만화가 그려진 종이를 내게 던지듯 제출하고 인사도 없이 교실 밖에 뛰쳐나가는 남중생들이여. 그대들은 나랑 무슨 인연인가. 나도 옛날에 좋아하던 남중생이 있었는데 도대체 왜 좋아했을까. 멋지지도 않고 귀엽지도 않고 성가시기만 한데 진짜로 왜 좋아했을까. 나는 남중생만큼이나 지난날의 내가 이해되지 않았다.

텅 빈 교실에서 칠판을 지우고 퇴근했다.

2017. 10. 23

재능과 운명

○

　　어느 가을 아침에는 좋아하는 셔츠를 입고 작은 대안학교로 출근했다. 개강 첫날이었다.

　한 시간이나 일찍 학교에 도착해서 차를 마시고 스트레칭을 하고 책을 폈다. 집에서 싸온 김밥과 된장국을 먹으며 책을 읽고 있으면 가방을 멘 아이들이 하나둘 나타났다. 이번 학기 나에게 배정된 학생은 일곱 명이다. 지난 학기에 만났던 아이도 있고 이번 학기에 처음 보는 아이도 있다.

　서로 다른 여름을 보내고 온 그들이 교실에 앉아 나를 본다.

　'나는 네가 지난여름에 한 일을 알고 있다.'

　방학중에 내가 과제로 내준 글감이었다.

여섯 편의 글이 내 앞에 놓였다. 원래 일곱 편이어야 하는데 한 명이 과제 파일이 담긴 USB를 집에 놓고 왔다고 말했다. 나는 그의 말을 믿은 뒤 요청했다. 글을 안 들고 온 대신 다른 애들이 써 온 글을 평소보다 더 정성스럽게 읽고 피드백하라고. 그는 알겠다고 대답했다.

도랑이라는 아이는 10년 전 여름에 친 장난에 대해 써왔다. 차가 쌩쌩 달리는 도로 위에 괜히 누워본 여섯 살의 자신에 관한 얘기였다. 아이들이 도랑이에게 말했다.

"도랑아, 다시는 이러지 마."

"네가 지금 살아서 우리 앞에 있는 게 신기할 정도야."

여름이라는 아이는 가족과 함께했던 패키지 유럽여행의 곤란함에 대해 써왔다. 관광버스에서 쉴새없이 떠드는 남자 가이드들의 전혀 웃기지 않은 농담을 자세히 옮겨적은 글이었다. 그 남자들을 한심해하면서도 우리 아들이 생각나 짠한 마음이 든다며 감싸주는 한국 관광객 할머니들을 묘사한 글이기도 했다. 별로인 농담을 남발하는 남자들에 대해서는 더이상 알고 싶지 않지만, 그 할머니들의 마음은 잘 알고 싶다고 여름이는 썼다. 우리들 중 하나가 말했다.

"여자들은 너무 너그러워."

보라라는 아이는 여름방학 때 몇 번이고 실패한 인터넷 중고 거래에 대해 써왔다. 자신의 우유부단함과 게으름에 관한 이야기였다. 보라의 앞자리에 앉은 아이가 말했다. "급하게 쓴 글 같아." 나도 맞장구를 치며 말했다. "요리를 대충하느라 재료가 아직 덜 익은 채로 나온 음식 같은 글이야."

파도라는 아이는 부모의 흥망성쇠에 따라 달라져온 자신의 주거환경에 대해 써왔다. 오래전 여름날에 느낀 죄책감에 대한 글이기도 했다. 예상치 못하게 좋은 글이어서 나는 읽다가 자세를 고쳐 앉았다. 나의 일간 연재글 한 편보다도 함량이 높아 보였다. 이런 글을 읽으면 정신을 '똑띠' 차리게 된다. 마음속으로 자신에게 외쳤다. '이슬아 너 인마, 분발해야 돼, 인마!'

비우라는 아이는 여름밤의 짙은 우울에 대해 써왔다. 숨죽여 울기도 하는 새벽시간을 면밀히 적은 글이었다. 아이들은 비우를 조금 걱정스러워하면서도 비우가 자기 고통을 존중해서 좋다고 말하기도 했다. 나는 아이들에게 우울을 어떻게 감당하며 지내는지 물었다. 우울해질 때 무엇을 하느냐고. 한 아이는 넷플릭스를 본다고 했고 다른 아이는 걸으러 나간다고 했다. 또다른 아이는 일부러 우울한 음악을 들으며 기분이 바닥까지 내려간 채로 자신을 내버려둔다고 했다. 그러다가 또 괜찮아지기도 한댔다.

나는 운동을 하러 간다고 말했다. 혹은 나만큼이나 자신이 싫은 누군가에게 전화를 걸어 자조를 주고받는 밤도 있다고 했다. 어쨌든 우울은 평생 자주 보는 친구 같은 것이다. 10대 후반의 아이들이 감당중인 우울은 20대 후반인 나에게도 종종 찾아온다. 아마 30대 후반이나 50대 후반에도 비슷할 거라고 우리는 예감했다.

자정부터 동틀 때까지 시를 쓴다는 아슬이라는 아이는 집에서 키우는 거북이 두 마리에 관해 써왔다. 잠 못 드는 새벽과 대화가 엇갈리는 가족과 그들이 함께 키우는 거북이에 관한 글이었다. 아슬이는 문장만은 독보적인 스타일리스트라서 거의 매번 매력적인 글을 완성한다. 하지만 다 읽어도 내 마음엔 아무것도 안 남을 때가 많다. 언뜻 문학적인 냄새가 나는 것도 같지만, 실은 그런 분위기만 있고 알맹이는 없는 느낌이다. 그는 요즘 아주 많은 시집을 읽고 있다. 한창 활동중인 시인들의 낭독회에 제 발로 찾아가기도 한다. 이 부지런한 문학청년이 기특하기도 하지만, 나는 어떤 아쉬움을 가지고 그에게 물었다.

"혹시 백과사전에서 거북이 검색해본 적 있어?"

그가 대답했다.

"아뇨."

나는 말했다.

"거북이의 실체는 하나도 없다는 느낌이 들어. 거북이에 대한 매력적인 감상은 얼마든지 쓸 수 있을 것 같지만 말야. 미감은 충분하니까 한동안은 비문학을 더 열심히 읽으면 어떨까? 거북이에 대한 시는 그만 읽고 차라리 위키에서 거북이를 검색해보면 좋겠어."

그 피드백은 매력에 대한 집착을 조금 내려놓고 공부를 하라는 말과도 같았다.

그런데 그때 등뒤에서 나의 글쓰기 스승 어딘의 목소리가 들려오는 듯했다.

"슬아야, 공부해."

고등학교 때 어딘에게 너무 자주 들어서 꼭 메아리처럼 기억되는 말이기도 했다.

'슬아야…… 아야…… 야…… 공부해공부해…… 부해…… 해……'

10년 전 나는 글쓰기 수업에 툭하면 연애 얘길 써갔다. 로맨스라는 것에 너무 심취해 있었기 때문이다. 그것은 지금도 마찬가지이지만 그때는 손쓸 수 없이 심했다. 사랑에 대해 너무 잘 말하고 싶어서 안달이 나 있었다. 그런 나에게 어딘은 어느 날 말했다.

"슬아야. 사랑은 그렇게 드러나지 않아. 사랑이 뭐냐고 물어본다고 사랑을 잘 쓸 수 있는 건 아니야."

나는 부끄러워하며 물었다.

"그럼 어떻게 해야 돼요?"

어딘이 대답했다.

"너는 너무 이성애적인 사랑에만 몰두해 있잖아. 남녀가 하는 연애가 만들어진 깊고 깊은 맥락을 짚어봐. 인류의 역사로 관심을 확장해야 돼. 공부해야 돼. 우주와 이 사회가 어떤 식으로 구성되어 있는지에 대한 이해 없이는 사랑 얘기도 너무 단순해지는 거야. 읽다보면 금방 질리는 칙릿 소설이 돼. 아무리 잘 써봤자 『브리짓 존스의 일기』인 거야."

물론 나는 10대 때 『브리짓 존스의 일기』를 좋아했지만 그게 내 글쓰기의 최대치라고 믿고 싶지는 않았다. 그래서 필사적으로 책을 읽는 사람이 되었다.

그후로 10년이 지났는데 여전히 우주와 인류와 역사와 사회에 대해서는 아주 일부만을 알고 있다. 그러면서 나보다 열 살 어린 남자애에게 잘난 척을 한다. 공부하라는 조언을 빙빙 돌려가며 내뱉는 것이다. 그애는 하필 내 이름에서 순서만 뒤바뀐 이름을 가졌다. 공교롭게도 내 잔소리는 이렇게 되돌아온다.

'공부해, 아슬……슬아…… 공부해.'

수업중에 갑자기 10년 전 어딘과의 대화에 다녀오느라 나는 잠깐 멍했다. 아이들은 나를 보고 있다. 나는 다음주 과제를 칠판에 적은 뒤 아이들에게 작별인사를 한다. 글쓰기 수업만 하면 두 시간이 훌쩍 지나간다.

아이들이 떠나고 조용한 교실에서 칠판을 지우며 나는 어딘의 또다른 말을 기억해냈다. 어딘은 나와 제자들에게 아주 많은 말을 하고는 막상 돌아서면 죄다 잊어버리지만 말이다.

"재능을 운명으로 연결해가길."

어딘의 그 말을 마음속에서 굴리며 10대를 보냈다. 재능, 운명, 연결이라는 세 단어가 나란히 놓인 거창한 문장을 잊지 않고 지냈다. 사실 나는 글쓰기만큼 재능의 영향을 덜 받는 분야가 없다고 생각한다. 시간과 마음을 들여서 반복하면 거의 무조건 나아지는 장르이기 때문이다. 꾸준하지 않으면 재능도 소용없는 세계이기도 하다. 그렇지만, 그렇지만…… 누군가가 나의 무언가를 재능이라고 말해주어서 그것을 덥석 믿어버리고 싶었다. 꼭 운명인 것처럼 만들고 싶었다.

어딘이 수업에서 했던 말을 돌아서서 까먹었듯이, 나도 돌아서서 잊을 말을 너무 많이 한 기분이었다. 재능이나 운명 같은 말은 무서워서 못 하지만 분명 꽤나 커다란 단어들을 소리내어 쏟아냈다. 그중 어떤 말은 아이들이 10년 뒤에도 기억할 거라고 생각하면 가슴이 울렁거렸다. 아무리 아니고 싶어도 글쓰기 교사란 영향력을 가진 사람이었다. 그러므로 어떤 식으로든 좋은 사

람이어야 할 텐데. 아직 나는 그저 멋진 셔츠를 입은 사람인 것
같았다.

2019. 9. 12

그날 입은 옷

○

어느 날 나는 '그날 입은 옷'이라는 글감을 칠판에 적었다. 내가 혹은 누군가가 어느 날 입고 있던 옷을 기억하며 글을 써보자는 제안이었다.

이따금씩 우리는 무엇을 입었는지 결코 잊을 수 없는 날을 겪는다. 그 하루는 왜 선명하게 남는가. 누구와 무엇을 경험했기에 그날의 옷차림까지 외우고 있는가. 이 주제로 모은 수십 편의 글 중에서 너무 서투른 옷차림이라 유독 기억에 남은 이야기가 하나 있다. 스물다섯 살의 도혜가 쓴 글을 읽고 기억을 되살려 이야기해본다.

아직 한 번도 알바를 해본 적 없는 아이가 있었다. 열아홉 살의 도혜였다. 도혜는 대부분의 고등학생들처럼 부모님께 용돈을 받으며 학교와 학원을 다녔다. 하지만 그의 친구 윤이는 달랐다. 고등학생 신분으로도 이미 여러 알바를 해본 아이였다. 그들의 동네가 관광지로 뜨기 시작하여 곳곳에 알바 자리가 생겨나던 2014년 무렵이었다. 방과후에 윤이는 다양한 식당에서 서빙일을 했다. 자신의 용돈을 직접 벌고 전기료와 난방비도 직접 내야 하는 사정이 윤이에겐 있었다. 도혜의 반에서 그런 친구는 윤이뿐이었다. 쉬는 날이면 윤이는 자신의 가난한 집에 친구들을 초대하여 소박한 파티를 하곤 했다. 도혜는 자신이 모르는 슬픔과 낭만을 아는 듯한 윤이의 모습을 남몰래 동경했다. 당시 윤이는 갈빗집 알바와 중국집 알바를 병행했는데, 하루는 갈빗집 알바가 길어지는 바람에 중국집 알바 대타가 필요해졌다. 급하게 대타를 찾느라 난처해진 윤이에게 도혜는 용기를 내어 자신이 대신 출근하겠다고 자처했다.

하지만 정말 그래도 되는 걸까? 윤이보다 어리숙한 자기 모습을 생각하다가 이내 자신이 없어지고 말았다. 도혜는 자신에게 부모가 있다는 것과 그들로부터 별 어려움 없이 용돈을 받는다는 사실이 부끄러워졌다. 그런 게 부끄러운 적은 난생처음이었다. 내게 없는 것 말고 내게 있는 것이 부끄러운 경험 말이다. 염치 때문에 차마 입 밖에 낼 수 없는 부끄러움이었다. 도혜는 가장 아끼는 보라색 맨투맨 티를 입고 윤이가 일하는 중국집 문을 열어젖

했다. 말끔하고 호감 가는 일꾼으로 보이기 위해 신경써서 골라 입은 옷이었다. 그걸 입고 몇 시간을 일했다. 퇴근할 무렵엔 옷소매에 짜장면 소스와 짬뽕 국물이 잔뜩 튀어 있었다.

그러나 사랑하는 친구의 대타로 뛰는 첫 알바 날에 가장 아끼는 티셔츠를 골라 입는 도혜의 마음을 우리는 그려볼 수 있다. 윤이 덕분에 도혜는 처음으로 자신의 '있음'이 부끄러워졌다. 결여된 것들을 통해 윤이가 얼마나 많은 것을 일찌감치 배웠는지 보았기 때문이다. 신형철 평론가의 책 『정확한 사랑의 실험』(마음산책, 2014)에 따르면 욕망의 세계에서는 우리가 무엇을 갖고 있는지가 중요하지만, 사랑의 세계에서는 우리가 무엇을 갖고 있지 않은지가 중요해진다. 도혜가 윤이를 좋아하다가 자신이 무엇에 서툰지 알아가게 되는 과정처럼 말이다. 어떤 사랑은 나를 더 사랑하게 만들기보다 내 안의 결여를 인지하도록 이끈다.

열아홉 살의 도혜는 스스로가 미덥지 않아도 최선을 다해 윤이의 일터에서 일한다. 이렇게 부족한 내가 너처럼 빛나는 사람의 자리를 반이라도 메꿀 수 있다면 기꺼이 시간과 몸과 마음을 쓰겠다는 응답과도 같다. 스물다섯 살 도혜의 글은 이렇게 끝난다.

"새로운 일이 시작될 때마다 나는 자연스레 윤이를 떠올린다. 윤이야, 너는 다 알고 있었니. 무엇을 더 알고 있니. 이다음은 무엇이니. 이젠 보이지 않는 윤이의 뒷모습을 나는 아직도 바쁘게 쫓아가고 있는지 모른다."

내가 나여서 그 자체로 너무 충분하고 행복하기만 한 사람은 타인의 사랑에 굳이 응답하지 않아도 평안할 것이다. 사랑은 상대에게 없는 것과 나에게 없는 것이 무엇인지 알아차리면서 시작되기도 하니까. 가장 아끼는 맨투맨 티를 입고 중국집 문을 열어젖히며 윤이에게 온몸으로 응답하는 도혜의 모습을 잊지 못할 것 같다. 사랑과 우정이 해내는 일들 중 하나이기 때문이다.

2020. 2. 24

그리움과 디테일

○

　　우리는 그리움을 동력으로 글을 쓰기도 한다. 롤랑 바르트의 말처럼 글쓰기는 사랑하는 것들을 '불멸화'하려는 시도다. 그런 글은 필연적으로 구체적이다. 우리가 그리워하는 대상은 대부분 대체 불가능하다. 쉽게 대체 가능하다면 그리움에 마음 아플 일도 없을 것이다. 사랑을 하는 동안에는 그 대상의 세부정보를 낱낱이 알게 된다. 다른 존재와는 어떤 점이 다른지, 언뜻 흔해 보여도 왜 그 존재가 이 세상에 하나뿐인지를 배워간다. 그 존재는 이제 결코 흔해질 수 없다. 구체적으로 고유해졌으니까. 이 구체적인 고유함을 기억하며 쓰는 글에는 수많은 디테일이 담긴다. 나의 글쓰기 수업을 들으러 온 열아홉 살의 파도라는 아이가 쓴 글도 그랬다. 그가 10년 전의 어느 오후를 회상하며 쓴 글이다.

몸이 아파서 학교에 가지 못한 어느 날이었다. 엄마는 방통대에 과제를 제출하러 갔고 잠에서 깬 나는 물을 마시려고 일어났다. 뻐근한 목을 좌우로 비틀며 부엌으로 들어서는데 정오를 조금 넘긴 시각의 태양빛이 부엌을 비추고 있었다. 찬란하고도 따뜻한 황금빛이 말이다. 부엌 곳곳에 스민 빛과 그림자를 보자 이상한 기분이 들었다. 우리집 부엌 예쁘네. 그런데 왜 울컥하지? 눈 아래쪽이 축축해졌다. 잠을 너무 푹 자서 그런 것일지도 몰랐다.

그런데 식탁을 지나치는 순간, 영화의 한 장면처럼 내 앞으로 사람들이 나타났다. 아직 삼십대였던 엄마와 일곱 살의 나와 다섯 살의 동생이었다. 우리는 오븐 앞에서 쿠키가 구워지기를 기다리고 있었다. 오븐에서 새어나오는 주황빛이 내 코끝을 물들였다. 엄마는 전자파가 나온다며 세 발짝 뒤로 가라고 말했다. 동생은 얼굴에 밀가루를 잔뜩 묻힌 채 나를 끌어당겼다. 나의 분홍색 내복 끄트머리에 밀가루 반죽이 묻었다. 엄마의 등에는 쿠키 세 개를 만들고도 남을 정도의 반죽이 덕지덕지 붙어 있었다. 나랑 동생은 엄마 몰래 킬킬댔다.

그러다가 내 눈앞의 오븐은 희미해지고 반쯤 열린 수납장이 드러났다. 아무도 없는 집안이 고요했다. 방금까지는 쿠키 냄새가 나는 것도 같았는데 지금은 엄마가 아침에 끓인 김치찌개 냄새가 났다. 더이상 삼십대의 엄마와 일곱 살의 나는 없다. 동생이 만든 똥 모양 쿠키와 2007년의 겨울도 없다. 킬킬대던 웃음도 없다.

이 글을 읽는 동안 나는 파도가 살던 아파트 부엌에 함께 서 있는 것 같았다. 숱한 아파트의 여느 살림집처럼 보여도 정확히 똑같은 집은 단 한 채도 없을 바로 그 집. 가보지 않았지만 눈앞에 있는 것처럼 상상할 수 있었다. 파도가 독자에게 구체적인 장면을 선물해서다. 파도는 그리움을 설명하는 대신 그리운 이미지를 그저 보여주었다. 좋은 문장은 글자만으로도 무궁무진한 이미지를 독자의 마음속에 그려낸다. 디테일한 묘사란 '부디 이렇게 상상해달라'는 요청과도 같다. 문장 속 디테일과 함께 우리는 과거와 미래로 드나든다. 다른 이를 나처럼 느끼기도 하고, 나를 새롭게 다시 보기도 한다.

쉼보르스카는 말했다. 자기가 쓰는 시의 유일한 자양분은 그리움이라고. 그리하여 돌아가야만 한다고. 그리워하려면 멀리 있어야 하니까. 그렇다면 작가는 어떤 일이 멀어지는 걸 보며 계속 살아가는 사람 아닐까. 멀어지고 나서야 알게 되는 것들을 기록하며. 그리움을 그리움으로 두며, 하지만 결코 디테일을 잊지 않으며 말이다.

2019. 10. 21

긴장과 눈
        물

○

　　하루는 책을 팔다가 서둘러 업무를 마무리한 뒤
어떤 졸업식에 참석했다. 내가 글쓰기 교사로 일하는 학교였다.
지난 몇 년간 아이들은 나의 수업에서 여러 편의 글을 완성했다.
그들이 쓴 문장에는 각자의 고유한 기질과 가족사와 연애사와
성장 과정과 학교에서의 사건 사고 등이 담겼다. 수업이 거듭될
수록 이야기는 점점 길어지고 자세해졌다. 그렇지만 우리는 여전
히 잘 모르는 사이이기도 했다. 서로에 관한 정보를 쌓은 순서가 좀
뒤죽박죽이었기 때문이다.

　　오래된 친구에게도 털어놓지 않을 법한 비밀들을 금세 알게
되는 반면 나이, 본명, 열심히 하는 과목, 진학 계획 같은 건 쭉 모

르고 지냈다. 그건 글쓰기로 만나는 관계의 특징일지도 몰랐다. 우리는 글 속에 없는 정보를 함부로 추측하지 않는 채로 매주 만났다. 사계절이 세 바퀴 돌고 스무 살에 가까워진 그들은 이제 학교를 떠나는 중이었다.

규모가 작은 학교의 졸업식에서는 모든 졸업생이 무대에 서기 마련이다. 핀조명이 아이들의 얼굴을 비췄다. 졸업을 기념하는 공연과 발표의 열기로 강당은 후끈했다. 품에 꽃다발을 안은 학부모들과 행사를 무탈하게 진행하느라 분주한 교사들이 보였다. 조금 늦게 도착한 나는 객석 뒤쪽에 서서 졸업식의 중반부를 구경했다. 어두운 곳에 몸을 숨기고 주인공들의 얼굴을 보았다. 한 아이가 내 눈에 들어왔다. 그는 초조하게 자기 차례를 기다리는 것처럼 보였다. 긴장이 얼굴에 역력했다. 떨고 있는 사람은 왜 이다지도 눈에 띄는 걸까. 남 일 같지 않았다. 나도 긴장이 많은 청소년이었기 때문이다. 긴장을 감추기 위해 온갖 애를 쓰는 애였다. 그걸 수없이 반복하다가 어느새 태연한 어른이 된 건가.

자신의 발표 차례가 닥쳐왔을 때 그애는 너무 떨린 나머지 통째로 대사를 날려먹었다. 기억해내려고 온몸에 힘을 줘봐도 도저히 안 떠오르는 듯했다. 꼭 악몽을 꾸듯 눈을 질끈 감고 고개를 세차게 흔들었다. 그 모습이 웃기고 애처롭고 귀여워서 사람들은 모두 웃었다. 그애도 무안해하며 웃었다. 이날의 실수를 그가 얼마나 먼 미래까지 기억할까? 두고두고 창피한 일이 될지 아니면 오늘밤 이불을 한번 걷어차면 그만일지 궁금했다.

곧이어 낯익은 아이들이 퍼커션 악기를 들고 나오더니 가열차게 연주하며 리듬을 탔다. 그들이 만드는 소리는 강당을 송두리째 흔들 만큼 대단했다. 공연을 보다가 나는 놀랐다. 그들이 춤을 이렇게나 잘 추는지 몰랐기 때문이다.

내가 아는 건 책상 위에 앉아 원고를 읽거나 쓰는 모습, 말하거나 웃거나 떠들거나 졸거나 듣는 모습, 혹은 살짝 우는 모습이었다. 걔네가 퍼커션을 들고 몸을 쓰는 광경은 너무나 역동적이고 멋져서 나도 모르게 가슴에 두 손을 모은 채로 공연을 봤다. 글쓰기 교사란 조금 딱한 직업일지도 몰랐다. 좋아하는 애들이 앉아 있는 모습만 주로 목격하니까. 그러다 걔들이 쓴 문장들을 기억했다. 몸의 감각을 얼마나 생생하게 옮겨적었는지. 그 빛나는 언어를 제일 먼저 읽는 건 역시 좋은 일이었다.

커다란 박수갈채를 받은 아이들이 악기를 내려놓고 왔다. 땀을 흘린 채 맨몸으로 무대에 서더니 이제는 노래를 불렀다. 직접 만든 노래였다. 작별에 관한 가사여서 낯간지럽기도 하고 찡하기도 했다. 열몇 명의 청소년들이 두 줄로 서서 합창하는데, 1절이 끝나기도 전에 앞줄에서 카혼을 치던 남자애가 눈물을 쏟기 시작했다. 처음엔 닭똥 같은 눈물만 흘리더니 곧이어 입을 크게 벌리고 목놓아 울었다. 다른 애들도 졸업식의 분위기에 취해 눈가가 촉촉해지긴 했으나 그 남자애만큼 커다랗게 울지는 않았다. 하지만 그는 정말이지 꺼이꺼이 울고 있었다. 황당할 만큼의 오열이었다. 그래서 사람들은 웃었다. 걔가 크게 울수록 관객들도 크게 웃었다.

세상에서 제일 서러운 사람처럼 울던 그 남자애. 강당을 꽉 채운 백 명 넘는 사람들 앞에서도 자기 슬픔을 완전히 누리던 그애. 나 역시 걔 모습이 참 웃겼는데 어쩐지 울고 싶기도 했다. 내가 그렇게 울어본 적이 언제였던가. 잘 기억나지 않았다. 울고 나면 꼭 목젖이 뻐근했다. 우는 게 쪽팔리니까 최대한 덜 울려고 애쓰다보니 목에 힘이 잔뜩 들어가는 거였다. 목놓아 울 수 있다면 울고 나서도 목젖이 아프지는 않을 텐데, 누구 앞에서도 그렇게까지 무방비 상태로 울 용기가 나지 않았다. 그러니까 무려 백 명 앞에서 저렇게까지 울어버리는 그애 배짱이 무진장 생경했던 것이다.

그 밖에도 숱한 맨얼굴이 그 졸업식에 있었다. 걔네들 눈코입을 하나하나 바라보다가, 그들이 내게 보여준 수필들을 기억하다가, 나는 어두운 강당 구석에서 조금 훌쩍였다. 과거도 미래도 새삼 아득하게 느껴졌다. 걔네가 맞이할 어마어마하고도 찰나 같을 일들을 짐작하는데 왠지 마음이 아팠다. 시간이 흐른다는 게 도대체 무엇일까. 왜 눈물이 나는지 잘 이해되지 않았다. 담임교사들도 안 우는데 외부강사인 내가 우는 게 민망하여 커튼 뒤에서 눈물을 훔쳤다.

행사가 끝나고 모두가 강당을 떠나 휑해질 무렵, 대표교사인 어딘과 눈이 마주쳤다. 이 졸업식을 보는 내내 이상하게 자꾸 눈물이 났다고 고백하자 어딘이 나를 놀렸다.

"너 나이들었구나!"

그렇게 말하고서 어딘은 막 웃었다. 나도 막 웃었다. 무안해서 얼른 잠바를 입고 가방을 멨다. 스물여덟 살의 내가 열여덟 살의 나와 여든 살의 나를 겨우 데리고 집에 돌아왔다.

2020. 4. 1

나의 유년과 어딘 글방

◆

으악 너무너무 무섭다

○

    그런 제목의 책이 유행하던 2000년대 초였다. 서점의 아동만화 코너에 가면 '으악! 너무너무'로 시작하는 시리즈가 있었다. '으악! 너무너무 재밌다!' '으악! 너무너무 놀랬다!' '으악! 너무너무 바보다!' 같은 제목들이 나와 내 동생 찬희의 눈을 사로잡았다. 조잡해 보일 만큼 휘황찬란한 형광색으로 프린트된 표지였고, 자극적인 일러스트 사이에 'OH! MY GOD!'이라는 영어 문구가 번쩍였다. 어린이들의 손때가 묻지 않도록 비닐로 래핑 처리된 만화들이어서 읽고 싶다면 구매하는 수밖에 없었다.

    시리즈 중 우리 남매가 가장 사고 싶었던 건 뭐니뭐니해도 『으

○ 183

악! 너무너무 무섭다』였다. 우리는 무서운 이야기를 무서워하면서도 좋아했다. 텔레비전에서 토요일마다 방영한 〈토요 미스테리 극장〉을 놓치지 않던 애들이자 막 보급된 인터넷 검색창에 '무서운 사진'을 검색하던 애들이기도 했다. 『으악! 너무너무 무섭다』의 표지는 검은색 배경과 빨간색 타이틀과 소복을 입은 장발의 귀신과 죽음을 목전에 둔 일반인의 그림으로 구성되어 있었다. 어떻게 사지 않고 배기겠는가. 으악, 너무너무 무섭다는데! 우리는 서점에서 복희를 바라보았다. 복희는 웃는 채로 고개를 절레절레 저으며 그 만화책을 사줬다.

집에 와서는 누가 먼저 읽을까를 두고 싸우다가 결국 나란히 엎드려서 같이 읽었다. 16개의 단편만화 중 어떤 것은 유독 무섭고 어떤 것은 덜 무서웠지만 어쨌든 무섭다는 점은 매한가지였다. 그 책엔 꼭 어리석은 사람들이 나왔다. 경고를 어긴 사람들, 열어선 안 될 문을 여는 사람들, 봐서는 안 될 것을 봐버리는 사람들, 그리하여 악과 귀신을 맞닥뜨려 크게 해를 입는 사람들 말이다. 그들은 '절대 ~하지 마라'는 말을 간과했다. 인간은 '절대'라는 말에 오기를 품는 존재들인 것 같았다. 공포만화의 일반인들은 의심스러운 무언가를 향해 제 발로 뚜벅뚜벅 걸어갔다. 그런 식으로 제 무덤을 파는 자 없이는 무서운 이야기란 완성되지 않는 듯했다.

찬희와 나는 속으로만 '안 돼, 보지 마, 열지 마! 그만둬!'라고 외치며 맹렬히 책장을 넘겼다. 가장 무서운 페이지에 드디어 다다르면 몸에 힘이 빡 들어갔다. 공포를 감당하는 동안 우리도 모르게 신체 부위 중 어느 곳에든 힘을 줬다. 서둘러 다음 장으로 넘어갈 때도 많았다. 너무 무서운 그림은 오래 볼 자신이 없었다.

그 책을 함께 읽은 이후로 우리 남매는 비슷한 공포의 풍경을 공유하게 되었다. 그렇다면 서로를 더 조심조심 다뤄야 할 텐데, 결코 그렇지는 않았다. 둘 중 한 명이 화장실에 들어가면 바깥에서 화장실 조명을 끄는 짓을 상습적으로 했다. 내 기억으로는 걔가 먼저 그 못된 장난을 시작한 것 같은데, 찬희는 내가 먼저 했다고 기억할 것이다. 변기에 앉아 있던 중 문밖에서 들려오는 '딸깍' 소리와 함께 사방이 어두워지는 순간 나는 내 동생을 죽도록 미워했다.

"아 미친, 진짜 하지 말라고! 당장 켜라고!"

그렇게 외치면 찬희는 문밖에서 약올리듯 불을 빠르게 껐다가 켰다가 껐다. 그럼 더 혼란스럽고 무서운 분위기가 났다. 나는 변기에 앉아 눈물을 흘리며 외쳤다.

"다음에 너 똥 쌀 때 뒤진다, 진짜!"

찬희는 킥킥대며 달아났지만, 나는 경고대로 나중에 꼭 복수를 했다. 걔도 나처럼 변기에 앉아 분노 섞인 애원을 했다.

이제는 공포물 근처에도 가지 않는 어른이 되었지만, 여름이 시작되면 글쓰기 수업의 칠판에 이 글감을 꼭 적곤 한다.

'무서운 이야기'

그럼 나의 어린 학생들은 "으~!" 하고 소리를 낸다. 그 '으'에서는 두려움을 앞서는 흥분이 느껴진다. 무서운 이야기를 좋아하지 않는 어린이는 드물다. 귀를 막으면서도 왠지 알고 싶은 속성이 공포물에는 있다. 나는 칠판 앞에서 『으악! 너무너무 무섭다』의 일화들을 최대한 생생하게 전한 뒤, 팔에 소름이 돋아 있는 아이들에게 말한다.

"이제 너희들이 아는 가장 무서운 이야기를 써줘."

그럼 그들은 몸에 힘을 준 채로 글을 써나간다. 무섭지만 잘 쓰고 싶기 때문에 손이 바쁘다. 어떤 아이는 쓰면서도 자기 글을 무서워한다. 쓰면서 무서워하는 아이는 독자를 무섭게 만들지는 못한다. 내 감정을 독자도 똑같이 느끼게 하는 건 정말 어려운 일이다. 내 수업의 아이들이 쓴 무서운 이야기는 다음과 같다.

열네 살 양휘모는 다음과 같이 썼다.

내가 5살 때 아파서 막 열이 나고 어질어질해서 징징대며 엄마 무릎에 누워 있었다. 그런데 검은 옷을 입고 머리가 산발인 눈이 검게 뻥 뚫린 여자가 팔을 대자로 벌리고 입을 '아~' 벌린 상태로 천장에서 내려오는 것이다. 나는 너무 무서워서 "엄마! 저 여자 안 보여?"라고 물었지만 엄마는 안 보인다고 했다. 나는 한층 더 가까워진 여자를 보며 겁에 질렸다. 지금 안 피하면 그 여자랑 몸이 합쳐지거나 그 여자가 나를 통과하며 포개지듯 지나가게 되는 상황이었다. 그럼 나는 불치병에 걸리거나 왠지 집안에 안 좋은 일이 생길 것만 같았다. 그래서 엄마에게 "나 방에 들어갈래!"라고 외치고 부축을 받으며 방에 들어갔다. 식은땀이 흐르고 더 어지러웠다.

열두 살 전민지는 썼다.

용인 민속촌에서 귀신전을 엄청 기대했다. 우리나라 귀신들을 전시하고 구경하는 곳인데, 나는 구미호를 굉장히 좋아했다. 구미호가 남자들을 홀려 간을 빼먹는다는 게 너무 매력적인 것 같았다.

열네 살 이형원은 썼다.

난 공포물을 본 날 화장실에 가는 그 짧은 복도 지나가는 것조차 무서워했다. 일을 본 뒤에는 불도 끄지 않고 내가 낼 수 있는 최대의 속도로 밝은 거실을 향해 달렸다. 샤워할 때는 내내 공포물 생각에 사로잡혀 있었다. 견딜 수 없게 무서워서 씻는 도중에 엄마를 부른 것도 한두 번이 아니었다. (…) 지금도 여전히 나는 공포물을 좋아한다. 전보다는 옅어졌지만 후유증이 남는다. 아무래도 이 두려움은 내가 어른이 되어도 계속 나를 따라다니고 있을 것 같다는 생각이 든다.

무서운 이야기라기보다는 무서운 이야기를 무서워하는 나에 관한 글들이다. 지금 내가 쓰고 있는 이 글처럼 말이다. 그나저나 무서운 이야기에 매혹된 어린이들은 왜 많은 걸까.

나는 호러소설의 대가 스티븐 킹을 떠올린다. 그는 단편소설집 『악몽과 몽상』(엘릭시르, 2019)의 서문에 이러한 글을 썼다.

어렸을 때 나는 남에게 들은 이야기, 읽은 이야기, 내 과열된 상상력이 만들어낸 이야기를 모두 믿었다. 덕분에 잠을 설친 게 하루이틀이 아니었지만 내가 사는 세상이 다채로운 색상과 결로 채워졌으니 평생 단잠을 이루지 못하더라도 후회하지 않는다. 이 세상에는 상상력이 둔하거나 완전히 죽어서 정신적으로 색맹과 유사한 환경에서 사는 사람들이 있다는 사실을, 단지 그런 사람들이 있다는 정도를 넘어 사실상 많다는 사실을 나는 심지어 그때부터 알아차렸다. (⋯)
나는 학교 운동장에서 들은 얘기도 전부 믿었다. 피라미 수준의 거짓말이건 고래 수준의 거짓말이건 내 입장에서는 똑같았다. (⋯)
내 목적은 예나 지금이나 똑같다. 내 작품을 꾸준히 찾아주는 독자 여러분의 마음속으로 파고드는 것, 여러분을 꼼짝 못하게 사로잡고 여기서 한 걸음 더 나아간다면 화장실 불을 켜놓지 않고서는 잠을 잘 수 없을 만큼 무섭게 만드는 것이다.

스티븐 킹은 있을 수 없는 것을 먼저 본 뒤 그걸 말로 옮긴댔다. 잠깐 동안만이라도 그가 믿는 것을 독자 또한 믿도록 말이다. 그 역시 어렸을 때 무서운 상상을 하느라 밤잠을 설치는 어린이였다. 그러나 그 덕분에 어른이 된 뒤의 현실을 헤쳐나갔다고 그는 말했다. 미쳐 날뛰는 현실을, 때로는 공포소설보다 더 무서운 현실을.

여름의 초입에서 나는 무서운 이야기가 단련하는 마음의 근육을 생각한다. 이제 우리 남매는 『으악! 너무너무 무섭다』를 더 이상 무서워하지 않는다. 그 독서는 인생의 복잡한 공포들을 마주하기 위한 워밍업이었을지도 모른다.

2019. 6. 25

일기 검
사

○

초등학교 선생님들은 날마다 일기를 써오라고 했
다. 이제 와 생각해보면 이상하다. 하루에 대한 나의 감상을 어째
서 선생님들께 공유해야 하는가. 나의 내밀한 마음을 들여다볼
자격이 과연 그들에게 있는가.

그런 문제의식은 나중에야 가질 수 있었다. 나는 웬만하면 시
키는 대로 하는 초등학생이었기 때문이다. 받아쓰기 때 자기 시
험지를 꽁꽁 가리는 초등학생이기도 했다. 틀리는 것과 규칙을
어기는 것을 무서워했다. 1999년 입학 이후 하루도 빠지지 않고
일기를 써갔다.

3학년 때엔 안경을 쓴 여자 선생님의 반으로 배정되었다. 안경

너머로 쌍꺼풀 진 눈이 초롱초롱 빛나는 사람이었다. 이름에는 은 자가 들어갔다. 편의상 그를 은선생님으로 호명하겠다.

은선생님에겐 우리와 같은 나이의 아들이 있었는데 그애 얼굴도 성도 까먹었지만 이름만은 기억난다. 호영이었다. 가수 god 중 손호영의 팬이었던 나는 잊을 수 없다. 주위의 언니나 이모들은 모두 윤계상을 좋아했지만 〈god의 육아일기〉라는 프로그램을 즐겨 보던 나는 손호영이 가장 좋았다. 시간이 흘러 언니와 이모들의 나이가 되자 어쩐지 손호영 말고 윤계상이 번쩍번쩍 빛나 보였으나, 그건 나중의 일이다. 손호영과 레고와 심즈 게임을 좋아하던 열 살의 나는 컴퓨터로 일기를 썼다.

컴퓨터로 일기를 쓰는 아이들은 종이에 일기를 쓰는 아이들보다 적었다. 집집마다 데스크톱이 보급되던 시절이지만 아직 컴퓨터를 익숙하게 다루지 못하는 아이들도 흔했다. 학교 과목 중에는 '컴퓨터' 시간이 있었다. 그 시간이 오면 다들 컴퓨터실로 우르르 달려갔다. 은선생님은 우리에게 한컴타자연습을 시켰다. 타이핑을 이제 막 배운 애들은 '짧은 글 연습' 버튼을, 진작부터 배운 애들은 '긴 글 연습' 버튼을 눌렀다. 또래보다 일찍 컴퓨터를 썼던 나는 타자가 빠른 편이었다. 긴 글 연습에서 즐겨 친 글은 윤동주의 「별 헤는 밤」이었다. 얼마나 자주 반복해서 쳤는지 본의 아니게 전문을 외워버렸다. 시를 음미한 건 아니었고, 온 신경을 곤두세워 스피드에만 집중하는 방식이었다.

별하나에추억과별하나에사랑과별하나에쓸쓸함과별하나에동
경과별하나에시와별하나에어머니,어머니,어머님……

랩보다도 빠르게 그 문장들을 타이핑했다. 최고 기록으로 1분
에 무려 900타까지 나왔다. 그런 시를 그렇게나 빨리 쳤다니 송
구스럽지만, 덕분에 단련된 타자 실력을 십분 발휘하여 저녁마
다 일기를 썼다.

컴퓨터로 일기를 쓴 또다른 이유는 쓸 말이 많아서였다. 하여
튼 나란 인간은 디테일하게 말하는 걸 그때부터 좋아했다. 연필
로 쓰면 주먹이 욱신거릴 정도로 구구절절한 일기였다. 한글97
을 실행하고 오이체, 필기체, 엽서체 등의 폰트를 기분에 따라 선
택했다. 그날의 이야기를 한 페이지 가득 썼다.
인쇄 버튼을 누르면 잉크젯 프린터가 삐걱거리며 일기를 뱉어
냈다. 그것을 일기장 공책에 붙였다. A4용지는 공책보다 컸으므
로 여백을 가위로 잘라낸 뒤 풀칠해야 했다.
밤에 쓴 일기를 책가방에 넣고 자면 아침이 왔다. 교문을 지나
운동장을 가로질러 신발주머니 냄새로 자욱한 수납장을 지나 교
실에 당도했다. 거기엔 어제의 일기를 부랴부랴 휘갈기는 애들이
있었다. 그들을 유유히 지나치며 선생님 책상에 일기장을 제출
하는 나 같은 애들도 있고 말이다.

조회시간이 되어 은선생님이 교실에 입장했는데도 아직 일기를 쓰는 아이들이 있으면, 그는 약간 엄한 목소리로 외쳤다.

"일기장 얼른 내라—."

간혹 디스켓으로 일기를 내는 애도 있었다. "프린터가 망가져서요……" 하며 디스켓을 내밀었다. 색종이보다는 작고 학종이보다는 큰 외부기억장치였다. 컴퓨터에 그것을 삽입하면 딸깍, 하는 가벼운 소리가 났다.

은선생님의 책상 한 귀퉁이에는 매일 아침 서른 권의 일기 공책과 한두 개의 디스켓이 쌓였다. 은선생님이 그것들을 검사하는 건 점심시간 때였다.

3학년 1학기 첫째날 하교 시간이 임박하자 은선생님은 교실을 거닐며 아이들에게 일기장을 돌려주었다. 무심코 건네받은 일기장을 펼쳐보고 나는 화들짝 놀라고 말았다.

어제의 내 일기 아래에, 그보다 더 긴 코멘트가 적혀 있었던 것이다.

은선생님이 볼펜으로 쓴 글씨였다. 이전의 담임선생님들은 사인을 하거나 별표를 그려주는 게 다였다. 그 정도가 당연했으므로 나도 딱히 불만이 없었다. 하지만 은선생님은 거의 편지에 가까운 코멘트를 손수 적어주는 사람이었다. 내용은 대략 이랬다.

"슬아야. 아버님과 같이 아이스링크장에 다녀왔구나! 재밌었
겠다. 유치원 때부터 스케이트를 탔다니 멋져. 나는 스케이트를
못 타는데, 능숙하게 스케이트를 타는 슬아 모습을 상상하니 대
단하게 느껴지네. 주말에 아이들을 데리고 나들이를 가시는 아
버님도 참 멋진 분이신걸! 스케이트장에서 먹은 우동과 떡볶이
얘기도 재밌었어. 일기를 길게 쓰는 걸 보니 슬아는 기억력이 좋
은가보구나!"

나는 집에 오는 길에도 일기장을 양손에 펼쳐들고 보면서 걸
었다. 어른의 글씨로 적힌 그 문장들을 몇 번이나 다시 읽었다.
누가 내 일기를 그렇게 열심히 봐준 게 처음이었기 때문이다. 음
성이 아닌 텍스트로 말을 걸어준 선생님도 처음이었다.

내 맘속에 커다란 사명감이 솟아올랐다. 오늘도 일기를 쓰기
때문이다. 뭘 쓸 것인가! 오늘 겪은 일 중 중요한 건 무엇인가! 선
생님께 무슨 이야기를 보여드려야 하나! 최초로 그런 고민이 생
겼다. 골똘히 생각하며 우리 아파트 단지를 향해 걸었다. 핸드폰
도 없고 메모하는 습관도 없던 시절이라 중요한 생각이 떠오르면
머릿속에 고이고이 잘 보관해야 했다.

진지한 표정으로 현관에 들어서는 내게 복희가 새로운 반에서
의 첫날은 어땠냐고 이런저런 질문을 건넸지만, 나는 무심히 지
나쳐 컴퓨터 앞에 앉았다. 그날부터 내 정체성은 무엇보다도 일
기인이었다. 일기인의 고민은 배수아의 어느 소설 제목과도 같

왔다.

'어느 하루가 다르다면, 그것은 왜일까'

일기란 그것에서 출발하는 글쓰기였다. 똑같은 하루란 없었다. 똑같은 일과를 반복한대도 언제나 다른 디테일이 생겨나는 게 인생이었다. 열 살의 나는 그 변주에 기대어 일기를 썼다. 첫 문장은 주로 이런 식이었다.

"어제 수선집에 핸드폰을 두고 왔던 엄마가 오늘은 정육점에 지갑을 두고 왔다."

"오늘도 어김없이 동생과 싸웠다. 지난주엔 이겼지만 이번엔 졌다. 동생의 팔힘이 세졌기 때문이다."

"어제까지는 태우와 잘 지냈다. 하지만 오늘의 태우는 뭔가 이상했다. 눈도 안 마주치고 나를 피하는 것만 같았다."

지금까지의 내 인생+오늘 업데이트된 정보+그것에 대한 나의 마음. 이게 당시 내 일기의 구성이었다.

삼삼오오 모여 급식을 먹는 점심시간에 어디선가 키득거리는 소리가 들려왔다. 은선생님의 웃음소리였다. 그의 손에는 내 일기장이 들려 있었다. 심장이 쿵쾅댔다. 부끄럽고 떨리고 흥분되어서 밥도 먹는 둥 마는 둥했다. 은선생님은 다 웃고 나서 예의 그 정성스러운 코멘트를 남겨주었다.

"슬아 어머님은 덤벙대시는 스타일이구나! 나도 뭘 자주 잃어 버려서 그런지 괜히 반갑네~"

"슬아는 동생과 과격하게 싸우는구나. 식칼을 들었다니 정말 깜짝 놀랐어. 다음엔 싸우더라도 위험한 도구는 쓰지 않으면 좋 겠네. 그런데 둘이 화해하게 된 얘기가 너무 재밌다!"

"태우의 마음을 알 수 없어서 슬아가 속상했겠다. 그런데 슬 아야, 태우도 태우의 마음을 모를 수 있어. 여유를 가지고 지내 보자."

은선생님은 길고도 구체적인 피드백을 주었지만, 일기장 바깥 에서 일기 속 얘기를 언급하는 법은 결코 없었다. 그는 어떤 어 른보다 나를 구체적으로 알면서도 모르는 척해주었다. 그가 알 아주는 동시에 몰라주었던 아이는 나뿐만이 아니었다. 모든 아 이들의 일기장을 유심히 읽은 뒤 말을 아끼는 선생님이었다. 그 의 눈에 비친 교실의 모습은 아주 복잡했을 것이다. 실제로 드러 나는 모습과 일기장에만 쓰이는 모습을 모두 조합하여 새로운 관계도를 그릴 수 있을지도 몰랐다. 어쨌든 아이들 각자의 비밀 은 선생님과 자신 사이에서 글자로만 살아 있었다. 그러므로 나 는 온 마음을 털어놓을 수 있었다. '내 인생'이라는 말도 그해 처 음 적어보았다.

인쇄된 내 문장과 볼펜으로 쓰인 선생님의 문장으로 일기장은 점점 빽빽해졌다. 일기 검사 시간이 되면 자꾸 선생님의 책상으로 눈길이 갔다. 아직 내 공책을 집어들 차례가 되지 않았는데도 긴장되었다. 선생님이 내 일기를 읽고 웃을까봐, 혹은 안 웃을까봐. 그를 너무 웃기고 싶어서 내 인생의 재미난 부분을 저녁마다 샅샅이 찾아나서기에 이르렀다.

열렬한 마음으로 일기를 쓰며 봄, 여름, 가을, 겨울을 보냈다. 키가 좀더 크고 첫 브래지어를 하고 첫 반장을 하고 유사 첫사랑을 겪은 1년이었다. 3학년의 마지막날에 많이 울었던 기억이 난다.

4학년이 되었다. 반이 바뀌었고 담임선생님도 바뀌었다.

열한 살의 첫 일기를 쓴 다음날, 새 선생님으로부터 일기장을 돌려받았을 때 공책에는 그의 사인만이 있었다. 한글인지 한자인지 영어인지 모를 정도로 휘갈겨쓴 사인 하나가 다였다. 내 일기인데 왜 사인은 선생님이 하는 걸까? 누군가가 굳이 사인해야 한다면 그건 나여야 하지 않을까?

그날 저녁 나는 일기에 새로운 담임선생님이 싫다고 적었다. 다음날 아침 일기장을 제출했고, 수업이 모두 끝나자 돌려받았다. 공책을 펼쳐봤다. 어제와 똑같은 사인만이 추가되어 있었다. 나는 알았다. 읽지 않았구나. 새로운 선생님은 나를 궁금해하지 않는구나. 그해에는 진심을 쓰려다 관둔 듯한 일기를 썼다. 일기

숙제는 계속했지만, 펄떡펄떡한 속내 같은 건 안 꺼내게 된 것이다. 나를 궁금해하는 사람에게 겨우 용기를 내서 해볼 수 있는 이야기들은 일기장에 더이상 등장하지 않았다. 중요한 이야기들은 엄마와의 대화에서, 혹은 버디버디에서, 혹은 내 마음속에서 어느새 휘발되어버리곤 했다. 문득 그게 슬퍼지는 날도 있었다. 말로 하기엔 아까운 이야기가 있는 것 같았다.

5학년 담임선생님도 별반 다르지 않았으므로 나는 일기장을 하나 더 샀다. 나만 보는 용도의 공책이었다. 하루에도 수십 번씩 오르락내리락하는 기분을 다듬어지지 않은 문장으로 일기장에 썼다. 은선생님에게조차 보여주기 싫은 마음이 그 무렵에 마구 생겨났다. 배설 같은 일기로 꽉 찬 공책이 여러 권 쌓였다.

10대 후반이 되자 학교 밖의 글쓰기 모임에 제 발로 찾아갔다. '어딘글방'이라는 곳이었다. 아무도 안 시켰는데 하필 글을 쓰겠다고 애쓰는 청년들이 거기 있었다. 일면 나 같은 애들이었다. 모임을 이끄는 어딘과 함께 글을 쓰고 의견을 나눴다. 그 모임에서 '일기 같다'는 피드백은 글쓴이를 부끄럽게 하는 말이었다. 그 말에는 자신과 거리를 둘 줄 모른다는 의미가 담겨 있었다. 자위적인, 객관화에 게으른, 자기 세계 안에 갇힌, 오로지 본인을 위해서만 쓴 글이라는 뜻이기도 했다.

나는 알게 되었다. 작가의 글은 일기 이상이어야 한다는 걸. 여기에서 '일기 이상'이란 자신 이외의 독자들을 염두에 두고 쓰는 글이다. 언제나 내 편을 드는 나를 제외하고, 은선생님처럼 내 말에 웬만하면 맞장구칠 준비가 된 독자도 제외하고, 불특정 다수가 읽어도 설득이 되는 문장을 향해 노를 저어가야 했다. 공식적으로 발표하거나 연재하거나 돈을 받고 쓰는 글은 적어도 일기에서 한 걸음 내딛은 어떤 것일 필요가 있었다. 내가 돈을 내고 읽는 글들이 거의 다 그렇듯 말이다. 일기를 미친듯이 잘 쓰는 작가들도 있는데, 그건 하나의 작품으로 읽어도 무방할 만큼 완성도가 높은 경우였다. 일기의 모양을 한 좋은 소설이나 수필이라면 모를까, 그저 일기 같은 일기라면 내가 도달하고 싶은 글쓰기가 아니었다.

솔직함과 글의 완성도는 상관이 없다는 것도 알게 되었다. 솔직하지만 별로인 문장들을 많이 읽었기 때문이다. 내 일기장에서 쉽게 찾을 법한 문장들이었다. 어떤 솔직함은 끔찍했다. 비린내 나는 솔직함도 있었다. 솔직함을 최대 장점으로 내세우는 글에 관심이 없어지고 말았다. 솔직한 게 어려워서가 아니라 지루해서였다. 위험하기도 했다. 모두가 서로의 마음을 투명하게 들여다볼 수 있다면 이 세상은 더 지옥 같을 게 분명했다.

일기를 딛고 멋진 점프를 하기 위해 애쓰며 지금까지 왔다. 하지만 북토크 때마다 가장 자주 듣는 질문은 이것이다.

"어떻게 그렇게 솔직한 일기를 쓸 수 있나요?"

나는 먼산을 바라보며 대답한다.

"일기가 아닙니다. 제 일기는 아이폰 메모장에 따로 저장되어 있고요, 그건 누구에게도 보여줄 마음이 없습니다……"

그럼에도 불구하고 솔직한 일기 쓰기를 연습했던 시절은 너무나 중요하게 남아 있다. 은선생님과의 한 해 동안 글쓰기를 내 도구로 만들 수 있었다. 그가 내게 솔직할 용기를 주어서 출발한 이야기가 있었다. 그 사람 덕분에 솔직함보다 더 중요한 것들을 배울 때까지 여러 편의 글을 썼다. 강제로 진행되던 일기 검사는 내 마음의 사유지를 만들어놓았다. 고독의 도구 중 하나로 일기를 택하게 되었다. 아이러니하게도 일기 검사는 고유한 개인이 되는 훈련이었다.

스물세 살에 글쓰기 교사로 일하기 시작했을 때, 나는 뭘 가르쳐야 할지는 몰랐지만 한 가지는 알 것 같았다. 첫번째 사명은 '궁금해하기'였다. 나를 찾아온 아이들에 대한 따뜻한 호기심이 교사의 자격을 겨우 부여했다.

10대 초반의 아이들에게는 할 수 있는 한 가장 따뜻한 격려를 해주었다. 이 시절에 내가 보낸 사랑과 용기가 20대 이후 한 사람이 혹독한 작가생활을 견디는 밑천의 일부가 될지도 모르기 때문이다. 꼭 작가가 되지 않더라도 어떤 밑천이 될 것은 분명했다. 탄력 있는 마음을 구성하는 밑천 같은 것. 상처받지 않는 마음 말고 상처받더라도 곧 회복하는 마음, 고무줄처럼 탱탱한 그 마음을 구성하는 밑천 같은 것.

스물여덟 살의 나에게 원고지를 제출하고 긴장된 자세로 서 있는 아이들의 얼굴을 나는 이해할 수 있다. 일기장을 낸 뒤 콩닥콩닥하던 내 가슴을 기억하기 때문이다. 아이들은 자신의 글을 읽어내려가는 나의 옆얼굴을 조심스레 살핀다.

그런 기색을 느끼며 나는 아이들의 글을 읽는다. 듬뿍듬뿍 반응하며 읽는다. 말로는 하지 않는다. 그가 문장을 쓰는 데 들인 수고에 비해 내 말은 너무 쉽고 가볍기 때문이다. 볼펜을 들고 아이의 마지막 문장 아래에 코멘트를 적는다. 코멘트를 적다가 금세 불안해진다. 신형철 평론가가 썼듯 글쓰기가 아주 느리게 말하는 일이라면, 느린 말하기 한 편을 완성하기까지 아이가 들인 노력을 교사는 헤아려야 할 텐데, 자꾸 중요한 걸 놓친 기분이 들어서다.

너무나 다정하게 일기 검사를 해주던 은선생님을 만난 날로부터 20년 가까이 흘렀다. 나는 글을 검사하다가 자주 균형을 잃는, 집에 돌아오며 자주 후회하는 글쓰기 교사가 되었다. 실수 없이 하는 건 궁금해하는 일뿐이다. 네 인생의 어느 하루가 다르다면 그것은 왜냐고 물어보는 일뿐이다. 보여줄 수 있는 일기를 쓴 날들이 쌓이면 언젠가는 아무에게도 보여줄 수 없는 일기를 쓰게 될 테니까. 보여줄 수 없는 일기를 쓴 날들이 쌓이고 또 쌓이면 다시 모두에게 보여줄 수 있는 글을 완성하게 될 테니까.

2019. 5. 30

해명하지 않을 용기

○

　　이미 발송한 글에 대해 해명하고 싶을 때마다 나의 스승 '어딘'을 생각한다. 10대 후반부터 20대 중반까지 나는 어딘의 글방에서 글을 썼다. 다른 글쓰기 모임처럼 그곳에서도 합평이란 걸 했다. 어딘과 제자들이 서로의 글을 읽고 감상과 의견을 말하는 시간이었다. A4용지에 모아찍기로 인쇄된 문장들을 조목조목 짚어가며 풍부한 피드백을 테이블 위에 쌓아갔다. 잘 읽는 것은 잘 쓰는 것만큼이나 어려웠지만, 우리는 예비작가인 동시에 서로의 동료이자 독자이므로 열심히 말을 고르며 이야기했다. 네 글은 이 점이 감탄스럽고, 이 점이 아쉽다고. 혹은 이 점이 궁금하다고. 그 이유를 구체적으로 찾다보면 세 시간이 훌쩍 지나갔고 서로에게 온갖 애증의 감정이 싹텄다.

여기엔 암묵적인 규칙이 하나 있었다. 자기 글에 관한 의견을 받을 차례가 오면 글쓴이는 입을 닫는 것이다. 작가가 글을 따라다니며 첨언할 수는 없다고 어딘은 말했다. 맞는 말이었다. 어떤 책을 사서 읽더라도 그 책의 작가가 실제로 따라오지는 않는다. 작가의 역량은 책 안에 담긴 텍스트로 평가받기 때문에 집필에 최선을 다해야 하는 거다.

나름대로 최선을 다해도 우리들의 글에서는 언제나 부족한 점이 발견되었다. 합평시간이 오면 서로 그걸 놓치지 않고 날카롭게 짚었다. 나도 때로는 저격수 같은 합평자였다. 어떤 지적은 몹시 통쾌하여 모두를 웃게 만들었다. 하지만 그 지적은 내 글이 극복하지 못한 단점들이기도 했다. 내가 잘하는 건 어려워도 남에게 잘하라고 말하는 건 쉬웠다. 가끔은 자신도 아직 못하는 걸 서로에게 요구하며 합평했다. 우리보다 훨씬 좋은 작가를 많이 알고 있기 때문에 가능한 일이었다. 이 긴장감 넘치는 시간은 서로를 쑥쑥 키웠다. 잘 모르는데 아는 척하고 쓰다가 틀린 문장들, 무례하거나 폭력적인 문장들, 우스운 포즈를 취한 문장들, 비효율적인 문장들, 게으른 문장들, 느끼한 문장들, 그 밖에도 온갖 문제를 가진 문장들을 함께 살폈다. 이 우정은 질투와 감탄과 존경을 원동력 삼아 계속되었다.

우리들 중 누구나 이 글방에서 논란거리 혹은 웃음거리가 되어봤다. 매주 한 편을 쓰다보면 한심한 실수를 몇 번쯤 저지르기 마련이었다. 그런 날에는 웃어도 웃는 게 아니었다. 어떤 글쓴이는 합평자의 말을 끊고 입을 열기도 했다. "그게 아니라, 제가 원래 전하고자 했던 바는……" 그러면 어딘은 지그시 그를 바라보았다. 구구절절 해명을 늘어놓던 글쓴이는 어느 순간 말을 아꼈다. 말이 아니라 글로써 진작 잘 드러내야 했던 이야기라는 걸 스스로 알게 되기 때문이다. 다른 곳이 아니라 글쓰기 모임이니까.

해명을 위한 발언권을 충분히 내어주지 않는 건 적어도 이곳에선 글에 대한 존중이었다. 서로를 판단하는 근거가 글이기 때문이다. 글 이외의 정보를 함부로 추측해서 피드백하는 것은 무례한 일이었다. 적어도 글방이 진행되는 동안만이라도 최대한 글로, 이야기로, 문장으로 서로를 만나도록 훈련했다. 합리적인 비난 앞에서 글쓴이는 그저 고개를 끄덕이며 입을 다물고 듣는 게 상책이었다. 또 다음주에 같은 실수를 하지 않도록 오늘의 피드백을 받아 적어야 했다. 내 글의 성장은 다음주에 완성해갈 글로만 증명할 수 있었다. 만회할 방법은 그것뿐이었다. 물론 매주 만회되지는 않았다. 어떤 실수는 만회하기까지 일주일보다 오랜 시간을 필요로 했다.

지금은 어떤 소속도 없이 혼자 글을 쓴다. 하지만 언제라도 내 등뒤에서 나를 꾸짖거나 응원할 그들이 나타날 것만 같다. 어딘 글방에 7년이나 다녔는데도 여전히 혹평이 아프고 부끄러우며,

호평이 뛸듯이 기쁘다.

〈일간 이슬아〉 연재를 거듭할수록 나의 스승과 친구들이 부쩍 자주 떠오른다. 이미 해본 일간 연재인데도 꼭 처음 하는 일처럼 어려워서 그렇다. 내 메일함에 아주 많은 피드백이 도착해서이기도 하다. 나는 합평시간에 말을 아끼고 사람들의 말을 받아 적던 감각을 되살린다. 내게 쏟아지는 말들 중 어떤 것을 기억하고 실천할지를 고민한다. 답장은 하지 않는다. 궁색한 해명이 되기 쉬우므로. 답장만 하다가 하루가 다 갈 정도로 많은 피드백이 와 있으므로. 일일이 해명하거나 응답하는 대신 내 글을 고친다. 그리고 새로 쓴다. 다시 잘해보겠다고 다짐하며 움직일 수밖에 없다. 몸과 마음과 시간을 들여 새롭게 애쓸 각오를 하면 해명의 말을 꾹 참을 용기가 조금 생긴다.

2019. 5. 3

먼저 울거나 웃지 않고 말하기

○

　　미국 작가 엘리자베스 스트라우트의 장편소설『올
리브 키터리지』의 한국판 띠지에는 김애란 작가의 짧은 추천사
가 적혀 있다.

　"울지 않고 울음에 대해 말하는 법."

　이 한 문장 때문에 펼쳐보지도 않고 책을 샀다. 나 역시 울지
않고 슬픔에 대해 잘 말하고 싶기 때문이다.『올리브 키터리지』
를 펼쳐들자 갑작스러운 사고로 남편을 잃은 데니즈라는 인물이
등장했다. 이 소설은 데니즈의 상사이자 다정한 친구인 헨리의
목소리로 이렇게 서술한다.

봄이 왔다. 낮이 길어지고 남은 눈이 녹아 도로가 질척했다. 개나리가 활짝 피어 쌀쌀한 공기에 노란 구름을 보태고, 진달래가 세상에 진홍빛 고개를 내밀었다. 헨리는 모든 것을 데니즈의 눈을 통해 그려보았고, 그녀에게는 아름다움이 폭력이리라 생각했다.

소설가 엘리자베스 스트라우트는 데니즈가 슬펐다고 말하지 않는다. 고통스러웠다고도 말하지 않는다. 그러나 독자인 나는 데니즈의 눈에 쏟아져들어오는 봄의 장면을 선명히 그려볼 수 있다. 그 아름다움에 상처를 입을 만큼 취약해진 마음에 대해서도 상상해볼 수 있다. 아름다운 것을 볼 때마다 제일 소중한 사람이 옆에 없다는 사실이 몸서리치게 실감나서 날마다 새롭게 아플 것 같다.

이 상상은 나의 몫이다. 내가 슬플 공간을 작가가 만들어주었기 때문이다. 데니즈가 슬프다는 핵심 요약 문장을 간단하게 쓰지 않음으로써 만들어지는 공간이다. 가슴 아픈 이야기를 쓰더라도 작가가 먼저 울어서는 안 된다고 나의 글쓰기 스승은 말하곤 했다. 그럼 독자는 울지 않게 될 테니까. 작가가 섣부른 호들갑을 떨수록 독자는 팔짱을 끼게 될 테니까.

울지 않고 슬픔을 말하듯 웃지 않고 재미에 대해서도 잘 말하고 싶었다. 탁월한 코미디언은 결코 자기 농담에 먼저 웃지 않는다. 기가 막히고 코가 막히게 재밌는 이야기도 웃음기 없이 끝까지 들려준다. 관객들은 이미 배꼽 빠지게 웃고 있다.

얼마 전 그런 공연을 실제로 보았다. 동북아구술문화연구원(이하 '동북구연')의 스탠드업 코미디 공연이었다. 코미디를 보기만 하고 한 번도 직접 해보지는 않은 여섯 명이 퇴근 후 모여서 몇 주간 준비한 데뷔무대였다. 그들은 실력에 영 자신이 없어서 돈도 받지 않고 사람들을 모아 각자 10분씩 썰을 풀기 시작했는데, 나는 한 시간 내내 너무 많이 웃다가 거의 탈진을 할 뻔했다. 후반부에는 광대가 욱신거려서 주무르며 웃어야 했다.

사실 그들이 들려준 얘기는 모두 조금씩 비극적이었다. 사기와 폭력과 성추행과 부조리와 노화와 수치로 가득한 서사여서, 울면서 말해도 이상하지 않을 듯했다. 하지만 그들은 웃지도 울지도 화내지도 않은 채로 이야기를 들려주었고, 관객들은 안타까움에 미간을 찡그리면서도 터져나오는 웃음을 참지 못했다. 슬픔을 훌쩍 넘어서는 유머 때문이었다.

나는 동북구연의 여섯 명이 그 얘기를 얼마나 여러 번 다시 말해보았는지를 가늠하게 되었다. 난생처음 입 밖에 꺼내는 슬픈 이야기는 곧바로 유머가 되기 어렵다. 여러 번 말해보고 자꾸 다르게 말해볼수록 그 사건이 품은 슬픔의 농도가 옅어진다. 슬픔 속의 우스꽝스러움도 발견하게 된다.

이러한 성취는 반복적인 글쓰기의 자기 치유 과정과도 닮아 있다. 나는 치유를 위해 글을 쓰지 않지만 글쓰기에는 분명 치유의 힘이 있다. 스스로를 멀리서 보는 연습이기 때문이다.

그 연습을 계속한 사람들은 자신을 지나치게 불쌍히 여기거나 지나치게 어여삐 여기지 않는 채로 이야기를 전개한다. 자기연민의 늪과 자기애의 늪 중 어느 곳에도 빠지지 않고 이야기를 완성하여 독자와 관객에게 슬픔과 재미를 준다. 혹은 두 가지를 동시에 준다. 자신 말고 타인이 울고 웃을 자리를 남긴다. 그것은 사람들을 이야기로 초대하는 예술이다. 더 잘 초대하기 위해, 더 잘 연결되기 위해 작가들은 자기 이야기를 여러 번 다르게 말해보고 써본다. 먼저 울거나 웃지 않을 수 있게 될 때까지.

2019. 12. 30

어른여자 글방

◆

언니들의 문장

○

2017년 봄에는 그런 전화를 받았다. 여섯 명의 성인 여자를 대상으로 글쓰기 수업을 해줄 수 있느냐는 내용이었다. 주로 사오십대 여성분들인데, 결혼을 한 분도 있고 안 한 분도 있고, 아이가 있는 분도 있고 없는 분도 있다고 했다. 아무튼 글과는 상관없는 일을 하며 지내는 분들이랬다. 전화를 걸어주신 분이 나를 계속 이슬아 선생님이라고 불러서 숨고만 싶어졌다. 나도 그분들을 선생님이라고 부르기로 했다. 어린이에게 글쓰기를 가르치는 일도 염치없게 느껴질 때가 많은데 그 선생님들을 대상으로 글쓰기 수업을 한다니, 한층 더 부담되었다.

문득 내가 하모니카의 고수라면 좋겠다는 생각이 들었다. 내

남동생 이찬희처럼 말이다. 그는 종종 하모니카 레슨으로 돈을 버는데 수강생들에게 당근과 채찍을 너무나 적절히 준 나머지 어떤 수강생들은 연습을 열심히 해서 입술이 터진 채로 레슨에 온댔다. 남동생은 자신이 쌓아온 하모니카 실력과 수강생의 미흡한 레벨을 매월 말에 상기시켜줌으로써 다음달에도 그들이 자신에게 레슨비를 지불하게 만드는 데에 재능이 있었다. 글쓰기에 비해 하모니카는 얼마나 가르치는 내용이 명확한가. 그 악기는 연습해야 할 정확한 스킬이 있고 나아가야 할 단계도 확실한 편이었다. 애드리브의 예시를 시범으로 보여줄 수도 있었다. 스물다섯 살의 남동생이 중년 남자들에게 하모니카를 가르치듯 스물여섯 살의 나도 중년 여자들에게 글쓰기를 가르칠 수 있다면 얼마나 좋을까?

할까 말까 하는 기로에서 나는 대부분 하기를 선택하며 살았다. 그러고는 물론 많은 후회를 해왔지만, 이번에도 애를 써보기로 했다.

여섯 명의 선생님들은 일요일 늦은 저녁에 우리집에 왔다. 일산에서 홍제동에서 방화동에서 망원동으로. 주말의 끝 무렵인데. 다음날이 월요일인데. 나는 그 시간이 아깝지 않을 만한 글쓰기 수업을 제공할 자신이 없어서 우선 차와 간식을 열심히 준비했다. 선생님들이 무슨 차를 좋아하실지 몰라 홍차랑 메밀차랑 오미자차랑 좋은 커피 원두랑 홈플러스에서 파는 저가 와인을 가져다놓았다. 그래도 불안해서 첫 수업 직전에 망원시장으로 부랴부랴 달려가 빈대떡 만오천 원 어치를 사다가 예쁜 나무 접시에 담아 테이블 위에 올려놨다. 나의 식탐 많은 고양이 탐이가 빈대떡에 손댈까봐 걱정이 되어 그를 슬쩍 옷방에 넣어두기까지 했다. 선생님들은 초봄의 찬바람 냄새를 외투에 묻힌 채 내 집에 입장했다.

내가 살던 망원동 집에는 세 개의 작은 방이 있었다. 하나는 옷방, 하나는 침실, 하나는 서재다. 서재는 내가 만화를 그리고 글을 쓰는 작업실인 동시에 손님들을 맞이하는 거실이기도 해서 최대 일곱 명이 둘러앉을 수 있는 커다란 테이블을 들여놓았다. 주로 20대 중반의 친구들이 거기 둘러앉아 떠들고 웃고 울고 담배 피우고 술을 마시다가 돌아갔는데, 어느 일요일 저녁엔 그곳에 여섯 명의 선생님들이 앉게 된 것이다. 그 테이블에 묻어 있을지 모를 숱한 음주가무의 흔적을 선생님들께서 발견할까봐 마음을 졸이며 수업을 열었다. 서재의 커다란 창문을 활짝 열어 집안을 환기시키고 페퍼민트 오일을 뿌린 디퓨저 가습기를 틀어놓은 뒤 선생님들을 나의 서재로 안내했다. 그분들께 나를 소개하는 게 먼저였다. 어떤 것들을 연재했는지(19금 연애 만화, 모녀 만화, 동거 만화, 노래 만화, 각종 수필 등), 어떤 일로 돈을 벌었는지(누드 모델, 서울과 여수를 넘나들며 아이들에게 글쓰기를 가르침), 그리고 어떤 책을 출판하기 위해 준비하고 있는지(뭐가 될지 모르는 단행

본 원고들)에 대해 이야기했다. 그런 다음 선생님들의 성함을 여쭤보았다. 선생님들은 돌아가면서 자신의 이름을 말씀해주셨다.

다섯 명의 선생님들 중 '응 자매'에 대해 먼저 이야기해보고 싶다. 자매 중 언니의 이름은 응미이고, 동생의 이름은 응숙이다. 그들은 4녀 1남으로 이루어진 오남매 중 둘째와 넷째라 했다. 두 사람 말고도 응 자 돌림의 여자가 두 명 더 있고, 막내이자 유일한 남자인 늦둥이 동생이 한 명 더 있댔다.

응미 선생님은 딱히 내키진 않는다는 얼굴로 처음 우리집에 입장했다. 뭘 먹어도 딱히 맛있어하지 않을 것만 같은 표정이라고 생각했다. 질문을 건네면 시큰둥한 대답이 돌아왔다. 그녀의 대답을 기다릴 때 나는 마른침을 삼켰다. 선생님의 나이는 우리 엄마뻘이었다. 내 또래의 아들이 둘 있다고 했다. 언제나 약간씩 피로한 표정으로 내 책상 가장자리에 앉아 있었다. 그에게 글감을 건네는 게 아주 민망하게 느껴져서 이 일을 때려치울까 잠시 고민했다. 심지어 내가 첫날에 준비한 글감은 '엄살'이었는데, 그는 나와 달리 엄살 따위 안 피우며 살고 있는 것처럼 보였다. 나는 침을 꿀꺽 삼키며 응미 선생님에게 글감과 원고지와 연필을 드렸다.

선생님은 별 고민 없이 꽤 빠른 속도로 긴 글을 써나갔다. 도대체 무슨 이야기를 쓰고 계실까 궁금해하며 나는 그의 찻잔이 빌 때마다 차를 따랐다. 쓰는 시간이 다 지나가고 낭독의 시간이다가왔을 때, 가장 빨리 펜을 내려놓은 응미 선생님에게 먼저 낭독을 요청했다. 그가 읽기 시작했다. 듣던 중 머리를 한 대 얻어맞은 것 같았다. 응미 선생님의 글은 내가 구독하는 문예지에 실려 있어도 전혀 이상하지 않을 만큼 멋지고 좋았던 것이다. 이렇게 쓰시는 분이 여긴 왜 오신 건가. 그의 본업은 홍삼 장사라고 했는데, 언제 글을 갈고닦은 것인가. 혹시 돈을 돌려드려야 되는 것은 아닌가. 그런 생각을 하며 듣고 있을 때, 응미 선생님은 갑자기 목이 메는 듯 낭독을 멈추었다. "야, 김응숙. 네가 읽어." 옆에 있던 동생 응숙 선생님에게 원고지를 툭 넘기며 응미 선생님은 눈물을 닦았다.

얼떨결에 원고지를 건네받은 응숙 선생님의 얼굴은 언니에 비해서 쾌활하다. 응미 선생님을 이 글방에 데려온 것도 응숙 선생님이었다. 그의 생김새와 걸음걸이는 그레타 거윅을 닮았다. 팔을 씩씩하게 흔들며 넓은 보폭으로 걸어다니는 사람. 충분히 입을 벌리며 호탕하게 웃는 사람. 언니인 응미 선생님이 좋은 글을 쓸 때면 동생인 응숙 선생님의 얼굴에 기쁨이 차오르는 것을 볼 수 있었다. 언니를 새롭게 알아봐줄 사람을 선물하기 위해 망원동으로 데려온 것 같았다. 응숙 선생님은 떨리지 않는 목소리로 언니의 글을 마저 읽었다. 글방에 오기 전에 응 자매님들은 항상 한 시간 일찍 만나 근처에서 저녁을 사먹고 온댔다. 그들 옷에 묻은 냄새로 미루어보아 메뉴는 주로 김치찌개인 듯했다. 두 분은 함께 외식을 하고 글을 쓰러 가는 일요일 저녁을 이제 막 확보한 참이었다.

응 자매의 맞은편 소파에 앉아 있는 또다른 선생님의 이름은 민하이다. 몇 년 전 명지대 대학원에 글쓰기 수업을 하러 갔을 때 민하 선생님을 처음 만났는데, 그가 쓴 글은 도무지 무슨 말인지 알 수가 없었다. 긴 앞머리와 안경에 가려진 눈만큼이나 알아보기 힘들었다. 심오하고 어려워서가 아니라 산만하고 횡설수설해서였다. 누군가가 덜 쓰는 방식으로 자신을 숨긴다면 민하 선생님은 마구 더 쓰는 방식으로 자신을 숨겼다. 문장에 문장을 덧칠하고 뒤범벅하며 글 속에 숨었다. 만화에서 속마음을 쓸 때 그려넣는 말풍선처럼 자기한테만 들려도 좋을 혼잣말을 잔뜩 쓰는 선생님이었다.

그래서인지 낭독의 시간이 오면 그는 순식간에 얼굴 전체가 버건디 톤으로 붉어지곤 했다. 독자를 염두에 두지 않고 쓸수록 낭독은 아주 곤란한 일이니까. 민하 선생님이 뜨거워진 얼굴과 떨리는 목소리로 겨우겨우 한 줄을 읽어나갈 때면 딱히 긴장이 없는 나한테까지 그 열감이 옮는 것 같았다. 나는 그가 언젠가 소리나는 말풍선 같은 문장을 써주기를 기다렸다. 시간이 필요한 일인 것 같았다.

수업이 끝날 즈음 나는 혹시 선생님들 중 누군가가 집에서 글을 더 써보고 싶을까봐 꼭 숙제 글감을 내드렸다. 민하 선생님은 그 숙제를 가장 성실하게 보내는 분이었다. 아무도 숙제를 안 보내는 와중에도 그만이 매주 몇 편의 글을 써서 보냈다. 그의 네이버 계정 닉네임은 '빙봉밍'이었고 내 메일함에는 빙봉밍으로부터 수신된 글들이 차곡차곡 쌓여갔다. 그의 최애 캐릭터는 영화 〈인사이드 아웃〉의 빙봉인 듯했지만, 내 눈에 그의 얼굴은 빙봉이 아니라 '슬픔이sadness'랑 거의 똑같이 생긴 것처럼 보였다. 슬픔이는 내가 〈인사이드 아웃〉에서 가장 좋아하는 캐릭터다. 봄과 여름과 가을을 지나 요즘 민하 선생님이 쓰시는 글은 기쁜 색이랑 슬픈 색이 합쳐진 핵심기억 구슬과 비슷한 모양을 하고 있다. 행복은 슬픔과 바로 맞닿은 기쁨이라는 걸 그의 글을 읽으며 배웠다.

네번째 선생님의 이름은 선규이다. 커다란 광고회사에서 10년 넘게 일해온 선규 선생님은 이제 막 40대에 접어들었다. 광고업계에 종사하는 대부분의 직장인들이 그렇듯 그는 아주 많은 업무를 해내느라 모임에 미처 못 오는 날이 잦았다. 최근에는 고든 램지가 출연한 맥주 광고 제작 때문에 글방에 오지 못했다. 선규 선생님이 어쩌다 글방에 오는 날이면 모임의 활기가 달라졌다. 그는 항상 조금 빨개진 얼굴로 내 집 현관문을 두들긴다. 열이 있는 것처럼 보이는데 혹시 어디 아프시냐고 내가 물으면 "아니요. 남편이랑 맥주를 잔뜩 마시다 와서······"라고 대답한다. 그러고 보면 자주 거나한 얼굴이다.

그는 우리 중 누구보다도 쉽고 직관적인 언어로 말한다. "그 글은 무슨 말인지 못 알아듣겠어요"라든지, "고급진 느낌이 들어요"라든지, "그냥 완전 웃겼어요"라든지. 글쓴이의 심정이나 비하인드 스토리 같은 것을 함부로 짐작하거나 배려하지 않은 채로 자신의 감상을 자유롭게 이야기해주는 고마운 분이다. 선규 선생님은 자신의 신혼생활과 회사생활과 지나간 일들에 대해 쓴다. 다른 선생님들은 별다른 노력 없이도 선규 선생님의 글을 이해하고 공감할 수 있다. 친절한 글이기 때문이다. 유능하고 건강하고 사랑스럽고 빈틈 많은 여자가 주인공인, 2000년대 초 한국영화의 내레이션 같다.

다섯번째 선생님의 이름은 진영이다. 짧은 머리칼과 맑은 피부, 산뜻하고 깔끔한 이미지의 진영 선생님은 맨 처음 선생님들을 모은 주최자이다. 그가 서로를 연결한 덕분에 우리는 이렇게 서재에 모여 있다. 진영 선생님은 주로 짧은 글을 쓴다. 하지만 낭독하는 목소리가 너무 좋아서 듣는 사람은 언제고 그의 글에 포만감을 느낀다. 진영 선생님 글의 주요 등장인물은 그 본인과 아이와 남편인데, 그보다 더 큰 주인공은 그의 상념이다. 그는 여러 상념을 쓰고 많이 지우고 깔끔한 문장만을 남긴 뒤 짧게 낭독한다.

글쓰기를 소극적으로 시작했지만, 그는 모임이 거듭될수록 가끔은 긴 글도 쓰고 훅 들어오는 질문도 건네고 경쾌한 고음으로 크게 웃으며 모임이 끝난 다음에 나랑 맞담배도 피워주신다. 그래서인지 망원글방의 시작과 끝은 모두 진영 선생님에게 빚지고 있는 느낌이다.

가장 마지막으로 합류한 여섯번째 선생님의 이름은 한나이다. 한나 선생님은 이제 막 30대에 들어섰고 나보다 네 살이 많지만 선생님들 중에서는 가장 어리다. 그에게서는 플로럴 향수 냄새와 감은 지 얼마 안 된 건강하고 긴 모발의 냄새가 난다. 탄탄하고 예쁜 허벅지를 드러낸 채 내 집에 입장하는 한나 선생님. 아주 상냥한 목소리를 가졌다.

글방에 자리가 하나 비었을 때 나는 블로그를 통해 새로운 멤버를 모집했는데, 하루 만에 메일함에 60통 넘는 신청서가 도착해버렸다. 모두의 메일이 정성스러워서 그중 한 명을 고르는 건 아주 어려웠다. 왠지 모르겠지만 결국 나는 신청메일을 가장 짧게 대충 쓴 사람을 초대해버렸다. 그분이 바로 한나 선생님이다. 이 글방에서 그는 '나는'으로 시작하는 1인칭의 수필만을 주로 썼다. 굵은 붓으로 큰 종이에 그린 동양화 같은 웅미 선생님의 글에 비해, 촘촘하고 튼튼하고 긴장감 있는 웅숙 선생님의 글에 비해, 더이상 섬세할 수 없을 것 같은 민하 선생님의 글에 비해, 누구의 귀에나 쉽게 꽂힐 선규 선생님의 글에 비해, 시적인 진영 선생님의 글에 비해, 한나 선생님의 글은 어쩌면 평범한 일기 같다. 그런데 그의 글은 모두의 사랑을 듬뿍받는다. 무리 없고, 담담하고, 딱 자기가 할 수 있는 만큼만 말하기 때문일지도 모른다. 스스로에게나 남에게나 무례한 문장이 하나도 없기 때문일 수도 있다. 서른두 살의 한나 선생님은 최근 3인칭의 이야기를 시도해보는 중이다.

옹미 선생님과 옹숙 선생님은 말씀하셨다. 녹슨 몸을 실감하지 않고도 배워볼 수 있는 게 글쓰기인 것 같다고. 마음을 잘 정돈해보고 싶어서 이 글쓰기 수업에 왔다고. 우리가 대화를 주고받는 사이 옷방에서 걸어나온 고양이 탐이는 테이블 밑을 돌아다니며 선생님들의 발냄새를 킁킁 맡았다. 그는 한참이나 발들 사이에서 머물렀다. 선생님들은 내 고양이에게 순순히 발을 내주었다.

어느 날엔 선생님들에게 글감을 내기 전에 시 한 편을 낭독하고 싶었다. 폴란드 시인 비스와바 쉼보르스카의 시였다. 혼자서 여러 번 다시 읽다가 외워버린 시라 어쩌면 암송할 수도 있었지만, 혹여나 한 글자라도 틀릴까봐 시집을 손에 들었다. 시 제목은 '언니에 대한 칭찬의 말'.

나는 아주 천천히 시의 전문을 낭독했다. 돌아가면 모든 것을 얘기해주겠다고 약속하는 언니의 말과 함께 낭독을 마치자, 선생님들이 빙그레 웃고 있었다. 나는 이 시를 읽으면 마음이 이완되는 동시에 뭔가를 쓸 힘이 마구 차오르는데 선생님들은 어땠을까. 일요일마다 내 서재에서 이 만남을 이어오는 동안 네 개의 계절이 지나갔다. 선생님들은 이제 우리집 컵들의 모양을 다 안다. 내가 매번 모든 컵을 동원해서 선생님들에게 차와 술을 내어드렸기 때문이다. 선생님들이 모르는 컵은 내 집에 더이상 없다.

글과 말을 테이블 위에 잔뜩 늘어놓고 나면 어느새 밤 10시가 훌쩍 넘곤 했다. 그들은 그제야 나의 책상 곁에서 일어나 "가야지" "그래. 가야지" 하며 외투를 주섬주섬 챙겼다. 한번은 작별인사를 마친 선생님들이 신발장을 향해 걸어가던 중에 나의 냉장고 앞에서 일제히 발걸음을 멈춘 적이 있다. 그것은 동부대우전자에서 나온 150리터짜리 소형 냉장고였다. 선생님들은 그 냉장고를 물끄러미 바라보며 말했다. "그래. 혼자면 이만한 걸로도 충분히 살 수 있어." "그렇지. 맞아." 그들은 고개를 끄덕이며 한숨을 쉬었다. "우리집 냉장고는 아주 손도 못 쓰게 꽉 찼어." "그 안에 있는 게 다 쓸모 있는 거냐는 거야." "아니지." "그래. 쓸모없는 게 반이야." "재료를 잘 사서 냉장고에 잘 얼려서 결국 잘 버리는 셈이라니까." "커다란 냉동 쓰레기통이지." "혼자 사는 거 부럽다. 젊은 거 부럽다." 그런 얘기를 나누며 그들은 신발을 신었다. 현관문이 닫히고, 문 너머로 선생님들이 멀어지는 소리가 들렸다.

현관문 안쪽에 서서 나의 1인분짜리 삶을 실감했다. 온전히 개인일 수 있는 생활의 규모를 생각했다. 그런 밤에는 왠지 어떤 글도 쓰기 민망해졌다. 소파에 누워 줌파 라히리와 김혜리와 은유 작가의 책을 읽었다. 메리 올리버도 읽고 사노 요코도 읽고 토니 모리슨도 읽고 아룬다티 로이도 읽었다. 그 언니들의 문장에 기대어 선생님들을 떠올렸다. 아마도 찾아오지 않을 미래를 생각했다. 선생님들을 언니라고 부르는 미래 말이다. 다음 일요일에도 찾아올 언니들을 위해 나는 칭찬의 말을 열심히 준비하고 싶었다. 최대한 정확한 칭찬을 해드리고 싶었다. 그들보다 덜 살아서, 그리고 덜 알아서 열심히 읽는 수밖에 없었다.

2017. 10. 19

코로나 시대의 글방

코로나 시대의 글쓰기 교사

○

   '원격' 글쓰기 수업에 관해 쓰는 날이 오리라곤 예상치 못했다. '온라인 개학'이라는 말을 아직도 SF소설 용어처럼 느끼는 내가 그 개학을 책임지는 인력 중 한 사람이 된 것이다. 2020년 4월 20일부로 전국의 초중고등학생 540만여 명이 원격 수업을 듣게 되었다. 내가 교사로 일하는 곳은 도시형 대안학교다. 이 학교 또한 유연하게 고민하며 코로나19 시대에 적응중이다. 몸 쓰는 감각과 현장성을 최대한 활용하는 대안학교의 특성상 온라인 수업에서 제대로 구현할 수 없는 부분이 많다. 그에 맞게 커리큘럼을 수정하자 글쓰기 과목의 비중이 상대적으로 커졌다. 코로나19 시대의 과도적 첫 학기가 열렸고, 나는 이제 겨우

한 번의 온라인 수업을 마쳤다.

개강일에 평소처럼 출근하지는 않지만 말끔하게 출근 복장을 갖춰입고 좋아하는 향수도 뿌린 뒤 모니터 앞에 앉았다. 아이들이 미리 써서 업로드한 글쓰기 과제를 미리 읽고 체크하며 수업을 준비했다. 교사 포함 7명만이 접속하는 소규모 수업이었다. 집중도와 상호작용 면에서 대규모 수업과는 차이가 있을 것이다.

시작하기 10분 전부터 학생들이 줌^{zoom} 채팅방에 접속했다. 다들 약간 긴장한 얼굴이었다. 원격 글쓰기 수업은 나뿐만 아니라 그들에게도 사상 초유의 일이다. 등하교생활을 할 때에는 서로 알 수 없었던 집의 디테일이 일부 드러난다는 게 부담스러울 수 있을 것 같았다. 컴퓨터의 사양이나 와이파이 환경에 따라 접속에 오류를 겪는 학생도 있었으나, 전반적으로 수업은 순탄하게 진행되었다.

한 번도 만나보지 않은 상태에서 우리는 영상으로 자신을 소개했다. 이름, 스스로에게 바라는 것, 최근 집에서 어떻게 지냈는지, 글쓰기 수업에 무얼 기대하는지에 대한 이야기였다. 앉은 자리도 제각각이었다. 2층 침대 아래, 부엌 식탁, 베란다 커튼 앞 등 노트북을 둔 장소에 따라 아이들 얼굴에 다른 색의 빛이 닿았다.

그들에게 나의 수업방식을 공유했다. 매주 이렇게 한 번씩 만나 근황을 나눈 후 각자 써온 글을 가지고 합평을 한다. 좋은 피드백을 주고받기 위해선 과제를 꼭 미리 업로드하고 다른 친구

것도 읽어와야 한다. 합평을 마치면 즉흥 작문 게임을 하거나 흥미로운 글을 돌아가며 한 문단씩 낭독한다.

합평이 시작되자 학생들은 친구의 글을 읽고 어떤 생각이 들었는지 이야기했다. '재밌었다' 혹은 '별로였다'라는 말을 더 정교한 피드백이 되게끔 구체적으로 다시 말해보는 시간이었다. 첫 수업의 과제들은 대체로 두루뭉술하고 지나치게 관념적이었다. 서로를 알지 못하는 상태에서 나를 분명하게 드러내는 글을 쓰려면 용기가 필요하다. 또한 중요했던 경험을 글쓰기 수업의 일원에게 생생히 전하려면 문장을 다양한 방식으로 써보는 훈련이 필요하다. 교사에게 발언권이 돌아왔을 때 나는 말했다. 좋은 글은 장면을 선물한다고. 읽는 이의 마음속에 몹시 인상적인 이미지를 그려서 글을 내려놓고도 이야기가 자꾸만 떠오르게끔 한다고. 어떻게 해야 설명하지 않으면서도 보여줄 수 있을지, 텍스트로 이뤄진 문장을 가지고 이미지의 세계로 가는 방법은 무엇일지 열심히 고민해보자고.

맞춤법 오류나 비문 수정 내역 같은 자잘한 내용은 말 대신 메모로 작성했다. 오프라인에서는 종이에 적어 나눠줬으나, 온라인에선 아이들이 제출한 pdf파일에 나의 교정사항 텍스트를 덧붙이기로 했다. 화면 공유 기능을 켜면 해당 자료를 실시간으로 함께 볼 수 있다. 익숙지 않은 원격 수업이라 자칫하면 무척 산만해질까봐 걱정했으나 다들 기대 이상으로 몰입했다. 교사를 일방적으로 바라보는 교실의 구조와 달리, 학생들이 서로의 화면을 동시다발적으로 볼 수 있는 화상채팅의 구조에선 졸거나 딴짓하기가 더 어려운 듯했다. 나는 다음주 글감을 내주고 작별인사를 했다. 온라인으로 신뢰와 용기를 쌓는 더 좋은 방법들은 무엇일까. 한편 디지털 리터러시digital literacy 말고 피지컬 리터러시physical literacy는 어떻게 기를 수 있을까. 새로운 고민들이 한꺼번에 시작되고 있다.

2020. 4. 20

어린이의 허송세월

○

우리집의 거실이자 혜엄출판사의 사무실인 1층 벽에는 커다란 화이트보드가 걸려 있다. 나의 엄마 복희와 함께 공유하는 월중행사표다. 그곳엔 출판사 업무와 북토크 및 강연 일정 등이 빽빽하게 적혀 있다. 책을 출간하고 몇 개월간은 하루도 빠짐없이 행사를 다녔다. 그야말로 밥먹듯이 서점과 행사장을 돌며 독자님들을 만나 말하고 낭독하고 노래하고 사인했다. 전국 순회공연을 다니는 트로트 가수에 버금가는 스케줄이었다. 피곤해서 혓바늘 가실 날이 없었으나 황송한 마음으로 임했다. 알지 못하는 누군가가 내 책을 손에 든 채 기다리고 있기 때문이다. 또한 책에는 수명이 있기 때문이다. 주목받는 것도 한 시절이다. 물이 들어올 때는 노를 저어야 한다.

하지만 그것도 모두 코로나 이전의 일이다.

코로나 시대에 접어들자 모든 행사가 취소되었다. 하나도 빠짐없이 모조리 보류되거나 흐지부지되었다. 나는 비수기에 접어들었다. 행사 수입은 뚝 끊겼는데, 지난 계절에 번 돈 때문에 건강보험료는 급상승하고 말았다. 소득이 줄어서 곤란했지만 시간이 많아져서 기뻤다. 프리랜서 데뷔 후 처음으로 맞이한 방학 같았다. 최고의 부자는 다름 아닌 시간 부자 아니겠는가. 앞으로의 어려움은 차차 해결하기로 하고 일단 넷플릭스와 왓챠플레이와 책과 만화를 보며 몇 주를 보냈다.

여러 해외드라마에 사로잡히고 뉴스를 보며 어지러움을 느끼고 가까운 미래와 먼 미래 모두를 걱정하는 봄이었다. 인간들은 이미 너무 많은 잘못을 저질렀고 환경은 갈수록 나빠질 텐데, 이런 세상에 아이를 낳아도 되는 것인지 모르겠다고 생각했다. 엄마가 되고 싶은 건 그저 내 욕망이고 아이 입장에서 사는 게 좋을지는 모를 일이다. 나의 최선이 아이에게 별 소용 없을 수도 있다. 하지만 내 부모도 순전히 자기들 욕망 때문에 나를 낳았다. 사는 건 좋을 때도 있고 고달플 때도 있지만, 나는 나를 낳았다는 이유로 부모를 원망해본 적은 아직 없다. 세상에 관해서는 부모도 나도 미래의 아이도 아주 일부만을 이해할 수 있을 것이다. 그나마 이해할 수 있는 건 내 몸의 감각뿐이라는 생각이 들 때쯤 어김없이 산책을 하러 나갔다.

산책을 하다가 문득 초딩들은 다 어디에 있는 건지 궁금해졌다. 집 앞에 있는 초등학교가 당연하게도 텅 비어 있었기 때문이다. 갑자기 늘어난 돌봄노동으로 맞벌이 부모들이 얼마나 고생하고 있는지에 관한 소식은 여러 번 들었지만, 아이의 입장에서는 생각해본 적이 없었다. 아이들은 학교에 가지 않는 몇 달을 어떻게 보내고 있을까. 무엇이 좋고 무엇이 아쉬우며 무엇이 필요할까.

나는 이웃집 학부모에게 전화를 걸어보았다. 초등학생 아이를 둔 그는 나의 동료이기도 했다. 내가 아이 얘기를 꺼내며 물었다.

"요즘 걔는 어떻게 지내나요?"

그가 대답했다.

"스마트폰 보면서 허송세월 보내고 있죠, 뭐."

나는 뒷동산을 보며 중얼거렸다.

"허송세월 좋죠……"

어릴 적의 봄방학이 떠올랐다. 언제까지나 계속되기를 소망했을 만큼 달콤한 허송세월 타임이었다. 그때는 원하면 친구를 만날 수 있었다. 좋아하는 어른을 만날 수도 있었다. 그리고 스마트폰이 없었다.

봄이 한창인데도 계속 개학이 연기되는 이 시절, 집안에서 EBS와 온라인 수업에 대충 적응해가며 오랫동안 스마트폰을 들여다보는 어린이들은 무슨 생각을 하고 있을까.

나는 그들에게 알찬 글쓰기 수업을 제공할 수 있었다. 소규모로 모인다면 부모 대신 반나절쯤 그들을 가르치고 돌볼 수도 있었다. 하고 싶은 일보다는 할 수 있는 일에 가까웠다. 아이들이 집에 오면 귀찮은 일이 많아진다. 시끄럽고 산만한 와중에 간식도 줘야 하고 길들여가며 수업도 해야 하고 마음도 섬세하게 헤아려야 한다. 안전상 적은 인원으로만 만나야 하니까 딱히 돈도 되지 않는다. 하지만 돈 때문에 하는 일만으로 삶을 채워서는 안 된다고 내 스승은 말하곤 했다. 바이러스 시대 교육의 대안 중 하나는 온라인 수업뿐 아니라 소규모 수업이기도 하다. 대도시, 대규모, 대인원의 만남일수록 위험 부담이 커지니 말이다. 파주 한적한 동네 어느 벌판 앞으로 이사 온 나에겐 마침 아이들을 맞이할 공간과 시간이 있었다.

태어날지 안 태어날지 모르는 내 아이에 대한 생각은 보류하고, 일단 확실하게 태어나 살아가고 있는 아이들을 초대해야겠다는 생각이 들었다. 이문재 시인의 시가 떠올랐다. '집'이라는 제목의 시*다.

* 이문재 시집 『지금 여기가 맨 앞』(문학동네, 2014)에 수록.

손님이 오지 않는 집은

천사도 오지 않는다.

이슬람 속담이다.

천사 같은 손님

손님 같은 천사

(…)

초등학교 개학이 연기되는 동안만이라도 코로나 특집 글방을 해보자고 다짐했다. 근처 사는 아이들을 조용히 모집했다. 곧 시작될 일간 연재 일정 때문에 겨우 한 팀 정도만 꾸릴 수 있었다. 아이들에게 마스크를 쓰고 개인 물통을 챙겨올 것을 문자로 당부했다.

혜엄출판사에서의 첫 수업날. 나의 아빠 웅이는 청소기를 밀고, 나의 엄마 복희는 고구마를 튀겨서 쌀조청에 무치고, 나는 수업자료와 재밌는 영상을 잔뜩 준비하며 일곱 명의 초등학생을 기다렸다.

오후 2시 정각에 초인종이 울렸다.

천사 같지는 않고 그저 초딩 같은 아이들이 시끌벅적하게 우리집 현관에 들이닥쳤다. 부모들은 아이들을 이곳에 내려준 뒤 기쁜 얼굴로 서둘러 떠났다.

나는 간만에 꺼내입은 리넨 셔츠와 슬랙스 차림으로 일곱 명의 아이들을 맞이한다. 여자아이 다섯 명과 남자아이 두 명이며 다들 아홉 살에서 열한 살 사이다. 각자 다른 얼굴, 다른 옷차림, 다른 걸음 속도로 우리집 거실에 들어온다. 어떤 아이는 흥분한 표정이고 어떤 아이는 걱정스러운 표정이다.

거실 한가운데에는 기다란 원목책상이 있다. 아이들 일곱 명이 둘러앉기에 충분한 크기다. 우리집엔 비싼 가구가 거의 없지만, 파주로 이사 올 때 큰맘 먹고 레인트리 우드슬랩 책상에 돈을 썼다. 어쩐지 귀한 손님들을 초대할 날이 잦을 것 같아서였다.

그 귀한 손님이 일곱 명의 초딩일 줄은 몰랐다. 레인트리 우드슬랩 책상 따위 그들이 알 바 아니다. 그들 중 하나는 자리에 앉자마자 원목 책상에 샤프 끝으로 스크래치를 내기 시작한다. 그러자 내 심장에도 약간 스크래치가 나는 것 같다. 내 안에 사는 깍쟁이의 심장에 말이다. 나는 아이에게 다가가서 말을 건다.

"있잖아."

아이가 고개를 돌리며 "네?"라고 대답하고, 나는 내 안의 깍쟁이를 진정시키며 이렇게 말한다.

"나 이 책상 많이 좋아해……"

그러자 아이는 아무렇지도 않게 관둔다. 나는 고맙다고 말한다.

모두가 모였으므로 나는 이야기를 시작한다. 만나서 반갑다고, 여기는 헤엄출판사이고, 내 이름은 이슬아이며, 글을 쓰고 책을 만드는 작가라고 소개한다. 또한 부엌에서 일하고 있는 내 부모도 그들에게 소개한다.

"저분들은 복희 선생님이랑 웅이 선생님이셔. 복희 선생님께서 매주 너희들에게 간식을 만들어주실 거야. 복희 선생님은 헤엄출판사의 직원이기도 해."

복희는 고구마를 튀기다 말고 웃으며 인사를 한다. 옆에서 복희를 돕던 웅이가 아이들한테 말한다.

"나는 직원 남편이야."

그것은 웅이의 단골 대사다. 물론 그에게도 직업이 있지만 코로나 때문에 비수기라 최근엔 집안일에 몰두하고 있다. 청소도 설거지도 너무 잘해서 복희와 나는 그를 '일하는 아저씨'라고 부르며 아침마다 커피 심부름 같은 것을 시킨다. 웅이가 흔쾌히 우리 모녀에게 차를 내오면 복희가 이불 속에서 말하곤 한다. "일하는 아저씨 이번에 잘 구했네." 저택에서 집사를 자주 고용해온 사람 흉내를 내며 남편을 놀린다. 물론 우리는 그런 걸 드라마에서밖에 보지 못했다.

아이들의 눈에 우리 셋은 어떤 어른으로 비칠까. 이제부터 자주 볼 사이니까 나는 칠판에 우리의 이름을 적는다.

슬아

복희

웅이

아이들이 세 명의 이름을 읽는다. 웬만해선 까먹지 않을 것이다. 이름을 적자 나는 약간 가장이 된 기분이다. 이왕 적은 거 이곳의 구성원을 제대로 소개해야겠다는 생각에 남은 가족들의 이름도 적는다.

숙희

남희

이건 우리집 새 식구가 된 고양이 자매들의 이름이다. 이웃 동네 유기묘 보호 가정에서 데려왔다. 나는 아이들에게 고양이들을 조심스럽게 대하자고 권유한다.

"우리는 숙희랑 남희보다 몸집이 훨씬 크잖아. 우리가 작게 행동해도 애네들은 크게 놀랄 수 있어."

아이들 중 하나가 묻는다.

"고양이들 이름을 왜 숙희랑 남희라고 지었어요?"

"복희 선생님 이름이랑 돌림자야. 복희 선생님처럼 건강하고 행복하게 오래 살라고 지었어. 복희 숙희 남희로 외워줘."

이날 매선생님에 관한 다섯 가지 진실

250
1. 거북이처럼 등을 구부리고 앉아있다가 하나씩 편다.
2. 사진을 찍을때 엄청 신중한 포즈이다.
3. 무표정일때는 무표정이고 웃을때는 웃는다.
4. 절을 할때처럼 앉아있다.
5. 손만 움직이고 다른 것은 거의 움직이지 않는다.

뷕회 선생님께 관한 다섯 가지 진실
1. 왕은 포범희 가족은 입고 계신다.
2. 고양이와 친하고 잘 논다.
3. 안경을 실쩍 삐뚝게 쓰셨다.
4. 거의 주방에 계신다.
5. 눈과 손만 움직인다.

헤엄글방
맴서현

이슬아 선생님에 관한 다섯 가지 진실
5. 손만 움직이고 다른 것은 거의 움직이지 않는다.

서현아. 긴 글 집중해서
쓰느라 고생 많았어.
관찰력이 정말 남다르네!
표현력도 정말정말 좋고!
아주 재밌게 읽었어.
서현이만 발견할 수 있는
것들이 많이 적혀있어서
특별한 글이야!

어느새 아이들은 거실 구석에 숨은 숙희와 남희의 모습에 정신이 팔려 있다. 숙희와 남희는 낯선 손님들을 경계하며 꼬리를 낮추고 서둘러 2층으로 올라간다.

이제 아이들이 자신을 소개할 차례. 하지만 그냥 소개하라고 요청하면 할말이 없다며 금세 입을 다물어버릴 게 뻔하다. 나는 자기소개를 요구하는 대신 아이들에게 비어 있는 머릿속 그림을 한 장씩 나눠준다.

"오늘 내 머릿속에 어떤 생각이 들어 있는지 살짝 적어보는 시간이야. 잠깐 스쳐가는 궁금증을 적어도 되고, 아침에 했던 생각을 적어도 되고, 지금 떠오르는 아무 말이나 적어도 돼."

아이들은 빈칸 앞에서 고민하기 시작한다. 시간을 정해주지 않으면 하루종일 하염없이 고민할 수도 있기 때문에 나는 약간의 스릴을 부여한다.

"제한시간은 3분이야."

그러자 아이들은 가벼운 스트레스를 받는다. 남자아이들은 "아~" 하고 탄식하고 여자아이들은 서둘러 필통을 꺼낸다. 다들 고심하며 빈칸을 채우기 시작한다. 3분은 쏜살같이 흐르고 있다. 2분 30초쯤 지났을 때 여기저기서 문의와 건의가 빗발친다.

"시간 얼마나 남았어요?"

"저 아직 두 개밖에 못 썼는데 꼭 다 채워야 돼요?"

"5분만 더 주면 안 돼요?"

시간이라면 사실 얼마든지 더 줄 수 있지만 나는 짐짓 비장하게 대답한다.

"딱 2분 더 줄게."

아이들은 속도를 내기 시작한다. 시간이 얼마 남지 않았다는 긴장감 없이는 어떤 글도 쓰지 못하는 교사를 만난 탓에 그들은 첫 수업부터 마감의 압박에 적응하고 있다. 모든 글은 마감이 쓰기 마련이다.

약속한 5분이 된다. 나는 이제 연필을 내려놓자고 이야기한다. 아이들은 왠지 더 쓸 수 있을 것 같다는 아쉬움을 가지고 연필을 내려놓는다. 더 쓸 수 있을 것 같다는 그 느낌이 얼마나 소중한지! 하지만 이것 말고도 쓸 글이 더 남아 있기 때문에 나는 이 미션을 5분 만에 종료하기로 한다.

"이제 돌아가면서 자기 이름을 말하고, 그림 속에 어떤 문장을 채웠는지 서로 보여주기로 하자."

아홉 살 이와가 가장 먼저 종이를 들고 일어난다. 그는 단정하게 양갈래로 머리를 땋은 채 가장 고상한 자세로 앉아 있는 한 사람이다. 이와의 종이는 다음과 같이 채워져 있다.

오늘 ___정이와___ 의 머릿속에는
어떤 생각이 들어있나?

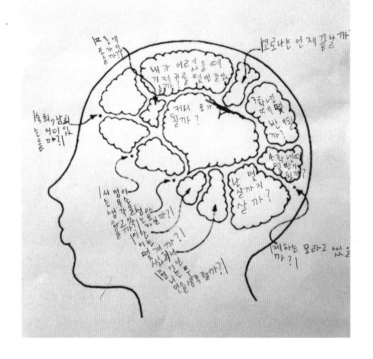

그는 자신의 이름과 초등학교와 학년을 말한 뒤 종이에 적힌
문장들을 읽는다.

"내가 어렸을 때 기저귀를 몇 번 갈았을까? 코로나는 언제 끝날까?
3학년 때 몇 반이 될까? 4학년 때 몇 반이 될까? 커서 모가 될까?
난 몇 살까지 살까? 숙희랑 남희는 어디 있을까? 2층엔 모가 있을까?"

오늘 이 시간 이와가 궁금한 것들의 목록이다. 다음으로는 열한 살 아리솔이 자신의 머릿속 그림을 공개하며 질문들을 낭독한다. 아리솔의 눈빛은 야심차고 목소리는 단단하다.

"내가 여기서 잘할 수 있을까? 정말 우리의 글이 책이 되나? 모르는

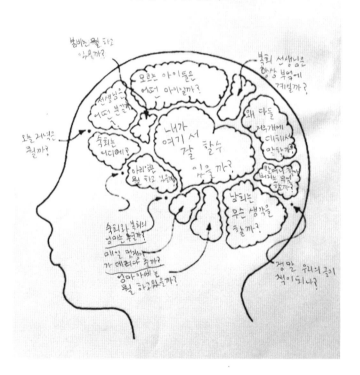

오늘 <u>아리솔</u> 의 머릿속에는
어떤 생각이 들어있나?

x

애들은 어떤 애들일까? 선생님은 어떤 분일까? 북희 선생님은 항상 부엌에 계실까? 남희는 무슨 생각을 할까? 숙희와 남희의 엄마는 누구일까? 오늘 저녁은 뭘까?"

겹치지 않는 질문이 매번 새로 나온다는 것에 나는 놀란다.

바가지머리를 한 아홉 살 제하의 질문은 이것이다.

"수업은 언제까지 진행될까? 우리집은 몇 평일까?"

목소리가 큰 아홉 살 이안이의 머릿속은 하고 싶은 것으로 가득차 있다.

"30미로 퍼즐을 끝까지 하고 싶다. 레고를 더 잘 만들고 싶다. 자동차를 만드는 사람이 되고 싶다. 자전거를 더 잘 타고 싶다. 똑똑해지고 싶다. 생각이 너무 많아!"

한편 도무지 무슨 생각을 하는지 쉽게 짐작되지 않는 아홉 살 서영이의 관심사는 창밖에 있다. 그는 자신의 머릿속 그림에 이 질문을 적어넣는다.

"오늘 해는 언제 질까?"

반면 맞은편에 앉은 열한 살 서현이는 집밖 말고 코앞에서 벌어지는 일들에 관해 묻는다.

"무엇을 쓸까? 여기서 하는 것을 내가 할 수 있을까? 다른 애들은 무엇을 쓰고 있을까?"

그리고 가장 고요하게 빈칸을 채우던 아홉 살 서진이는 아무도 하지 않은 질문을 던진다.

"이슬아 선생님은 무슨 책들을 썼을까?"

일곱 명의 아이들이 적어낸 일곱 개의 다른 머릿속 그림을 보며 나는 그들의 이름과 표정과 글씨체와 문장을 외운다. 수십 개의 질문과 함께 글쓰기 수업이 출발하고 있다. 글쓰기는 변화를 다루는 예술이며 변화는 질문 없이 시작되지 않기 때문이다.

오늘의 글감을 알려주겠다고 내가 말하면 아이들은 글감이 무슨 뜻이냐고 묻는다.

"무엇에 대해 쓸지 소재를 던져준다는 말이야. 옷 만들 때 옷감이 필요하고, 불 지필 때 땔감이 필요한 것처럼 글쓸 때도 글감이 필요하거든. 글의 재료라고 생각해줘."

나는 칠판에 다음과 같이 적는다.

코로나 이후 우리집에 생긴 변화

아이들은 할말이 생각나기 시작한다.

"아, 진짜 많이 변했는데!"

"우리집은 별로 안 변했어."

"우리 아빠는 이제 재택근무해요."

그 와중에 아홉 살 이안이가 큰 목소리로 치고 들어온다.

"저는 아침에 EBS 봐야 되는데요. 한번은 일어난 지 얼마 안 돼서 이불 덮고 누워서 보고 있었는데, 그때 마침 EBS 선생님이 누워서 보지 말고 앉아서 보라고 말해서 신기했어요."

옆에 있던 열한 살 서현이가 냉소적으로 대답한다.

"야, 그거 EBS에서 미리 다 촬영해놓은 거야."

이안이는 의아하다.

"아니, 근데 내가 딱 누워 있는 타이밍에 그렇게 말했어. 다 지켜보고 있는 것처럼."

서현이는 그런 것쯤 놀랍지 않다.

"어른들이 미리 계산해놓은 거겠지. 너처럼 누워 있는 애들이 한둘이겠냐."

어른들이 그런 것까지 계산한다는 말을 이안이는 아직 믿을 수가 없다. "그런가⋯⋯" 하고 읊조린다.

코로나 이후 각자의 사정을 앞다투어 이야기하느라 책상 위는 소란스럽다. 해질 때까지 계속될 수도 있는 수다다. 나는 수다를 끊고 요청한다.

"얘들아, 하고 싶은 이야기를 평소에는 말로 하잖아. 근데 여기서는 말 말고 글로 써보자."

애들이 굳이 왜 그렇게 해야 하냐는 표정으로 나를 바라본다. 말로 하면 다 날아가버리기 때문이라고 나는 대답한다.

"재밌고 중요한 이야기를 문장으로 적어서 보관하는 거야. 나중에 다 까먹으면 아깝잖아."

내가 원고지를 꺼내들자 아이들 얼굴에 원고지에 대한 부담이 스친다. 그들 입장에서 원고지는 사용법도 헷갈리고 띄어쓰기도 확실히 해야 하니까 좀 번거로운 종이다. 정해진 원고지를 무조건 나눠준다면 아이들은 높은 확률로 한숨을 쉴 것이다. 이때 나는 오른손엔 200자 원고지를, 왼손엔 1000자 원고지를 든 채로 묻는다.

"각자 원하는 걸 골라봐. 200자로 줄까, 1000자로 줄까? 꼭 다 채울 필요는 없어. 그냥 어떤 종이에 쓰고 싶은지 더 땡기는 걸 고르면 돼."

그러자 아이들은 고심하기 시작한다. 글을 길게 쓰고 싶은 건 아닌데, 1000자 원고지의 모양이 어쩐지 더 멋져 보여서다. 결국 일곱 명 중 다섯 명이나 1000자 원고지를 달라고 한다. 애초에 원고지를 원하지 않았다는 사실쯤은 어느새 잊어버린 뒤다. 이것은 양자택일의 기능 중 하나다. 산만하게 돌아다니는 아이에게 "이제 의자에 앉아줄래?"라고 요청하면 말을 잘 듣지 않지만, "이 의자에 앉을지 저 의자에 앉을지 선택해"라고 말하면 갑자기 둘 중 하나를 열심히 골라서 앉게 되는 것과도 비슷한 작용이다.

한줌의 자율권을 선사하는 이 얄량한 수법은 열두 살 미만의 아이들에게만 유효하다. 초등학교 고학년부터는 아무것도 고르기 싫다고 말하는 아이가 비로소 등장하기 시작한다. 몇 자 원고지든 상관없고 그저 글을 쓰기 싫다는 걸, 어떤 의자든 상관없고 그저 앉기 싫다는 걸 분명하게 아는 청소년이 되어버리는 것이다. 그때부터는 교사로서의 매력과 파워를 내장부터 끌어모아 정면승부를 하는 수밖에 없다. 어떻게든 그가 나의 수업을 좋아하도록, 글을 잘 쓰고 싶은 욕망에 사로잡히도록 강수를 둬야 한다.

다행히 소규모 초딩 글방은 그러한 강수 없이도 수월하게 굴러간다. 아이들은 어느새 군말 없이 첫 문장을 쓰고 있다. 부엌에서 복희가 고구마맛탕과 과일주스를 인원수에 맞게 나눠서 내온다. 아이들은 "감사합니다" 하고 간식을 받아먹는다. 아이들 부모님들께 받은 소정의 수업료에서 4분의 1쯤은 복희의 몫이다. 복희가 장 봐와서 채운 냉장고 안의 재료로 손수 만들어주는 간식이니까 그와 돈을 나누는 건 당연하다. 양갈래로 머리를 땋고 고고하게 글을 쓰던 아홉 살 이와는 간식을 흘깃 보더니 묻는다.

"남겨도 돼요?"

복희가 친절하게 말한다.

"그럼~ 배부르면 안 먹어도 돼. 혹시 고구마를 별로 안 좋아하니?"

이와는 새초롬한 얼굴로 고개를 끄덕이는 듯 마는 듯하다. 다른 아이들은 정신없이 맛탕을 입에 넣고 우물대며 글을 쓴다. 어린이 글방을 진행할 땐 글쓰는 시간에 이렇게 꼭 간식을 준다. 글쓰기의 고단함을 간식의 맛있음으로 약간이나마 순화하기 위해서다. 간식을 남기겠다던 이와도 두번째 문장을 쓸 때쯤 맛탕을 한입 먹어본다. 그러고는 계속 집어먹더니 결국 한 그릇 더 달라고 복희에게 말한다. 이와는 두 그릇의 고구마맛탕을 싹쓸이하며 글을 쓰고 있다.

이와 옆에 앉은 아홉 살의 서진이는 한 문장에 한 번 꼴로 내게 질문하러 다가온다. 그는 조용하고 조심스럽기 때문에 질문할 때마다 내 자리로 다가와 작은 목소리로 묻는다.

"선생님, '바깥' 할 때 '까'에 무슨 받침이에요?"

"선생님, '안 나간다' 할 때 '아'에 무슨 받침이에요?"

그러느라 짧은 글도 아주 천천히 완성한다. 200자 원고지를 선택해서 겸손하고 성실하게 채운 서진이의 문장은 다음과 같다.

바깥에 많이 안 나간다. 바깥에 나갈 땐 마스크를 쓰고 나간다. 사람들이 많이 못 모인다. 많이 만나던 사람들을 많이 못 만난다. 친구들이 뭐하고 있는지 어떻게 지내는지 궁금하다. 학원에서 배우거나 잘하던 걸 많이 까먹었다. 동물들은 코로나19 때문에 달라진 게 있을지 궁금하다.

한편 맞은편에 앉은 열한 살 아리솔은 매우 빠른 속도로 1000자 원고지를 거의 다 채웠다. 아리솔은 긴 분량의 글을 쓰는 것에 전혀 겁을 먹지 않는다. 할말도 마구마구 떠오르는 듯하다. 아리솔의 글 중 일부를 옮겨적어본다.

내 생활이 꽤 많이 바뀌었다. 우선 학교를 다니지 않는다. 덕분에 창피당할 일도 없고, 지루하게 앉아 있을 일도 없고, 친구 때문에 짜증이 나거나 화가 날 일도 없다. 대신 선생님이 보내주신 복사지와 수학책으로 집에서 공부를 한다. 학교를 안 다닌다고 공부를 하지 않는 것은 아니다. (……) 그리고 엄마, 아빠는 딱히 코로나 때문은 아니라고 해야 하겠지만, 아기가 생겼다! 엄마는 일도 쉬고, 매일 자기가 먹고 싶은 것을 먹을 권리가 생겼다. 오늘도 나와 아빠는 마라 떡볶이를 먹으려고 했는데 엄마가 계속 '만둣국, 만둣국!'이라고 해서 어쩔 수 없이 만둣국을 먹었다.

글을 읽다가 나도 모르게 상기되어 큰소리로 말한다.

"동생이 태어난다니 축하할 일이네!"

아리솔은 이런 반응을 이미 여러 번 마주한 듯한 표정으로 대수롭지 않게 넘기며 말한다.

"이번에 임신한 아기는 셋째예요."

"둘째동생도 이미 있구나. 걔 이름은 뭐니?"

"둘째동생 이름은 아리영인데요. 아리영이 아직 어려서 한글을 잘 못해요. 그래서 걔가 엄마 배를 보고 '새끼 가졌다'라고 말해요."

애들도 나도 빵 터진다.

그때 아홉 살 이안이가 큰 목소리로 말한다.

"어른들은 새로 태어난 아기만 더 예뻐하잖아요!"

한두 명이 "맞아" 하고 맞장구친다.

이안이가 한 번 더 못을 박는다.

"진짜 그래."

이안이의 절친인 제하는 이안이가 쏟아내는 수다를 듣는 동시에 자기 글을 쓰느라 바쁘다. 이안이가 말을 멈출 생각을 안 하면 제하가 중간에 '쉿' 하고 소리를 내주기도 한다. 그럼 이안이는 웃으며 멈춘다. 제하는 아주 수다스러운 편은 아니지만, 그가 말하기 시작하면 왠지 모두가 그를 돌아보게 된다. 목소리 때문이다. 흔한 남자 어린이의 목소리 같으면서도 어떤 공명이 있다. 동그란 파장으로 공간을 채우는 소리라 다들 자기도 모르게 제하의 말에 귀기울이게 된다. 글을 다 쓰면 나는 아이들에게 꼭 앞에 나와서 낭독하게 시키는데, 제하가 첫날 낭독한 글은 다음과 같다.

코로나 이후 동물의 변화: 동물들도 불편할까? 동물들도 코로나에 걸릴까? 동물들도 코로나를 싫어할까? 동물들도 안전할까?

코로나 이후 가족의 변화: 우리 가족은 외출 자제, 손 씻기, 마스크 착용을 한다. 다른 사람들도 우리 가족과 비슷한 생활을 하고 있다.

코로나 이후 가게들의 변화: 피자가게 등등 많은 가게들이 닫고 있다. 이런 생활은 언제 끝날까?

제하가 다 읽기 무섭게 그의 절친 이안이가 손을 번쩍 든다. 원래 손들고 말하지는 않았는데, 그가 쉴새없이 떠드는 바람에 내가 이제부터 손을 들고 말하라고 시켰기 때문이다. 이안이는 누구보다 빠르게 손을 들기 때문에 나는 그에게 발언권을 주지 않을 수 없다.

"이안아. 제하 글 들으면서 무슨 생각했어?"

"제하가 왜 수많은 가게들 중 굳이 피자가게를 썼는지 궁금해요."

그러고 보니 나도 그게 궁금하다.

"제하야. 혹시 피자를 제일 좋아하니?"

내가 묻자 제하는 약간 당황하며 대답한다.

"꼭 그런 건 아닌데……"

어느새 이안이가 치고 들어와서 피자에 관한 수다를 한판 떨고 있다. 제하는 바가지머리를 긁적거리며 언제 자리로 들어가면 되는지 타이밍을 본다. 이제 들어가도 된다고 내가 말한다. 그는 자리에 앉아서 안도의 한숨을 쉬며 혼잣말한다.

"아, 왜 이렇게 덥지…… 긴장했나……"

제하는 뒷목에 난 땀을 닦는다.

한편 이 모든 것에 무심한 자가 한 명 있다. 아홉 살 서영이다. 서영이는 자신의 얼굴만한 왕리본을 머리에 달고 형형색색의 옷을 입은 채로 글방에 온다. 보라, 초록, 빨강, 노랑, 파랑이 한 번에 포함된 옷차림이다. 서영이는 늘 다른 아이들과 다른 포인트에 골똘하다. 모두가 글방의 새 구성원을 궁금해할 때 서영이만이 창밖의 해가 언제 지는지 궁금해하고 날아가는 벌레에 심취한다. 그리고 1층 화장실과 2층 화장실을 번갈아가며 자주 드나든다. 글쓰기는 딱히 안중에 없는 듯하다. 비어 있는 1000자 원고지를 앞에 두고도 태평한 그에게 다가가서 내가 묻는다.

"서영아. 잘돼가니?"

오히려 서영이는 나에게 되묻는다.

"2층 위에 다락방 같은 거 있던데요. 초록색 문이요. 거기 열어봐도 돼요?"

나는 장난기가 돌아서 약간 비장하게 대답한다.

"거긴…… 안 돼……"

서영이가 다급하게 묻는다.

"왜요!"

"거긴…… 열어보면 큰일나."

사실 겨울옷과 내 책의 파본 따위를 쌓아둔 별거 없는 방이지만, 나는 괜히 그를 자극시킨다. 나른하고 태평했던 그의 표정이 호기심으로 뒤덮이는 것을 보는 게 즐거워서다. 그는 증폭하는 궁금증을 숨기지 못하며 나를 다그쳐 묻는다.

"혹시 그 안에 사람 있어요?"

나는 고개를 젓는다.

"말해줄 수 없어……"

그는 궁금해 미치려고 한다.

"혹시…… 그 안에 동물이 사는 건 아니겠죠?"

이미 그의 마음속에는 『나니아 연대기』 뺨치는 판타지가 한 편 그려지고 있는지도 모른다. 나는 그저 곤란한 얼굴로 글을 다 쓰기 전까지는 말해줄 수 없다고만 말한다. 그는 몹시 괴로운 표정을 짓고 원고지 앞으로 돌아간다.

"글 다 쓰면 열어보게 해줄 거죠?"

나는 고개를 끄덕인다. 옆에서 귀를 쫑긋 세우고 모든 이야기를 듣고 있던 이안이가 갑자기 끼어든다.

"선생님, 선생님! 제가 얘 감시할게요! 글 다 안 썼는데 미리 열어보는 건 아닌지 제가 지켜볼게요!"

"이안아, 너는 일단 네 글부터 잘 써야 되지 않을까?"

"저도 쓰고 있어요."

"딴 데 보고 말하는 동시에 글을 쓸 수는 없어. 쓰려면 일단 입을 다물어야 돼."

"네."

이안이는 좀 쑤시는 표정으로 다시 원고지를 바라본다. 서영이는 오로지 다락방을 향한 궁금함으로 누구보다 빠르게 글을 완성해버린다. 의식의 흐름 기법으로 글을 쓰는 아홉 살 서영이의 문장은 다음과 같다.

코로나 때문에 모든 것이 바뀌었을까? 코로나의 약은 만들어지긴 할까? 코로나는 참 못됐다. 코로나는 너무나도 무서워. 코로나는 왜 생겨났을까? 밖에도 못 나가고 집에만 있으니까 너무 심심해. 코로나는 왜 날 심심하게 하는 걸까? 코로나 바이러스는 친구가 없는 것일까? 코로나 바이러스는 친구가 필요한 것일까? 코로나 바이러스는 왜 우릴 괴롭히는 걸까? 코로나 바이러스는 우릴 부러워하는 걸까?

서영이가 낭독을 마치자 이안이는 또다시 누구보다 빠르게 손을 든다. "코로나를 사람처럼 쓰니까 어이가 없어요!"

나는 또다른 아이에게도 말할 차례를 넘긴다. 이안이는 다른 아이가 말하는 동안에도 기회를 놓치지 않는다. "어, 나 그거 아는데" 하고 얼렁뚱땅 끼어든다. 그가 글을 다 쓰고 내게 검사받으러 오기만을 나는 기다린다.

마침내 이안이가 맨 마지막으로 내 책상에 와서 검사를 받을 때 그가 보는 앞에서 포스트잇을 꺼내 그에게 편지를 쓴다. 말로 하면 잊어버릴 이야기도 글로 쓰면 잘 기억하게 된다.

집에서 온라인 개학만 하고...코로나는 참 못됬다.
코로나 바이러스도 친구가 없는 건가?
코로나 바이러스는 왜 만들어진 걸일까?
코로나 바이러스는 친구가 필요한 건가?
코로나 바이러스는 세상의에 없었으면 좋겠다.
코로나 바이러스는 왜우릴 괴롭이는 건게?
코로나 바이러스는 우릴 부러워 하는 걸까?

헤엄글방
추서영

코로나는 참 못됐다.

코로나 바이러스도 친구가 없는 것일까?

코로나 바이러스는 친구가 필요한 건가?

코로나 바이러스는 왜 우릴 괴롭히는 걸까?

코로나 바이러스는 우릴 부러워하는 걸까?

"아는 것이 많고 똑똑한 이안아, 글솜씨가 정말 좋네. 그런데 글방에서 글솜씨보다 더 중요하게 여기는 능력이 있어. 바로 다른 사람의 이야기를 조용히 집중해서 들어주는 능력이야. 이안이가 자꾸 끼어들고 자기 얘기만 하면 다른 사람의 이야기가 다 묻혀버리게 돼. 글을 잘 쓰려면 우선 꼭 잘 들어야 한다는 걸 잊지 말아줘."

포스트잇을 이안이의 글 아래에 붙여서 돌려주자, 이안이는 건네받으며 말한다.

"뭐라고 쓰신 건지 하나도 모르겠어요."

나는 마음속으로 꽈당, 하고 넘어진다.

흘려쓴 듯한 내 악필이 번거로울 따름이다. 결국 편지를 그 자리에서 소리내어 이안이에게 읽어준다. 이안이는 잠자코 듣는다. 다 읽은 내가 묻는다.

"이제 알았지?"

"네. 이제 놀아도 되죠?"

"그래, 놀아."

이안이는 원고지와 편지를 책상 위에 무심히 던지고 마당으로 뛰어나가서 제하랑 논다.

정확히 뭐하고 노는 건지는 모르겠는데, 글쓸 때보다 열 배는 즐거워 보인다. 마당을 괜히 뛰고 서로를 괜히 치고 갑자기 뛰어

이안아.

오늘도 씩씩하고 성실하고
재미있는 글을 써줘서
고마워. 이안이의 글을
읽는 것은 항상 기대돼.
그래서 이안이랑 글 얘기를
실컷하고 싶어. 그러만
그럴 수가 없어. 이안이가
너무 많은 소리를 내기 때문이야.
같은 걸로, 다른 사람의 말을
방해하지 않게 꼭 기억해줘.

※ 글방에서 '듣기'란 무엇인가.

1. 귀를 쫑긋 세운다.

2. 눈을 번쩍 뜨고, 말하는 사람을 본다

3. 나의 입을 꼭 다문다.

+ (종이 소리 물통소리 내지말기)

종이소리.   물통소리 내지말기

이것만 지킨다면 이안이가 더 멋질꺼 같아.

헤엄글방
김이안

글방에서 '듣기'란 무엇인가.

1. 귀를 쫑긋 세운다.
2. 눈을 번쩍 뜨고, 말하는 사람을 본다.
3. 나의 입을 꼭 다문다.
+종이 소리, 물통 소리 내지 말기.

다니고 괜히 웃는다. 그야말로 허송세월 타임이다. 글쓰기 직후의 허송세월 타임이라니 얼마나 달콤할까 싶다. 어느새 하늘이 분홍색으로 물들고 있다. 서영이가 궁금했던 해 지는 시간이 다가오는 것이다. 나는 마당에 있는 애들을 부른다.

"얘들아, 이제 들어와. 집에 갈 시간이야."

"좀더 놀면 안 돼요?"

"안 돼. 나도 쉴 거니까 이제 집에 가. 우리 다음에 또 만날 거잖아."

애들이 들어온다. 애들을 데리러 온 부모님들이 초인종을 누른다. 엄마가 도착하기 무섭게 제하가 묻는다.

"엄마, 엄마! 이안이 오늘 우리집에서 자면 안 돼?"

제하의 엄마는 곧바로 대답하지 않고 웃으며 제하를 껴안는다. 제하는 대답을 독촉한다.

"어? 어? 자고 가면 안 돼?"

부모가 되면 정말이지 무수한 질문에 대답해야 하는구나! 나는 책상을 치우며 생각한다. 고가의 원목책상에는 지우개 가루가 한가득 쌓여 있다. 고구마 조각과 쏟은 주스 방울과 누구 것인지 알 수 없는 연필도 여기저기 있다. '천사 같은 손님'이자 '손님 같은 천사'의 흔적들이다.

천사들은 몹시 많은 흔적을 남기고 내 집을 떠난다. 한두 편의 글도 남겼지만, 그들은 원고지 같은 건 챙기지도 않고 돌아선다.

오늘 무슨 문장을 썼는지도 이미 잊었을 수 있다. 그들의 입장에서는 글쓰기 수업이야말로 허송세월 같은 일일지 모른다.

2020. 5. 27

만날 수 없잖아, 느낌이 중요해

○

가을마다 나는 교실의 창문들을 활짝 열어놓고 글쓰기 수업을 했다. 가을바람 냄새는 봄바람과 어떻게 다른지 말하고 싶었다. 서늘하고 건조하고 낭만적인 그 냄새를 맡으며 아이들과 근황을 주고받았다. 가을에는 왠지 연애를 시작한 아이들이 많았다. 짧은 계절이니 자주 산책하자고, 걸으면서 바람에 이리저리 흔들리자고 말하며 수업을 열었다. 20분쯤 일찍 끝내주기도 했다. 교실에서 흘려보내기엔 너무 아름다운 오후가 지나가고 있었다.

올해 가을도 물론 아름답지만 글쓰기 수업의 풍경이 예전과 같지는 않다. 모니터 화면으로 만나기 때문이다.

맨 처음 온라인 수업에서 가장 어색했던 건 잡소리가 들리지 않는다는 점이었다. 아이들이 대부분 음소거 상태로 수업에 참여해서다. 온라인 수업을 위한 화상회의 프로그램 '줌'은 소리를 내는 사용자의 화면을 크게 비추기 때문에, 혹시나 주목받을까봐 부담스러웠을 것이고 자신의 집에서 나는 소음이 수업을 방해할까봐 걱정되었을 것이다. 그러자 말하는 사람이 나뿐인 수업이 되었다. 아이들의 목소리는커녕 기침소리, 하품소리, 웃음소리, 한숨소리 등이 전혀 들리지 않는 채로 말을 하려니 어색하고 답답했다. 잡소리에 예민하게 반응하며 이야기의 길이를 조절하기도 하고 방향을 바꾸기도 했는데, 음소거 상태로는 그 소중한 청각 정보를 얻을 수가 없었다. 그래서 두번째 수업부터는 음소거를 풀어달라고 요청했다. 열 명 이하의 소규모 수업이라 음향 문제 없이 잡소리가 공유되었다. 환절기마다 비염이 도지는 아이가 코를 훌쩍이는 소리, 조심스레 과자를 먹는 아이의 소리, 큭큭대는 소리, 옆방의 강아지가 짖는 소리…… 그것들이 나에게 용기를 주기도 하니까 부디 편하게 소리내달라고 부탁했다. 이후로는 특별한 경우가 아닌 이상 음소거를 하는 아이는 없었다.

하루는 한 아이가 자신의 카메라를 끄겠다고 말했다. 그날따라 화면에 얼굴을 보이는 게 부담스러운 것 같았다. 소리를 끄는 아이는 있어도 카메라를 끄는 아이는 없었기 때문에 나는 생각에 잠겼다. 대규모 강연과 달리 피드백을 활발히 주고받는 소규모 글쓰기 수업에서 얼굴을 보는 것은 중요한 감각이다. 봄으로써 어떤 신뢰 위에서 상호작용할 수 있게 된다. 한 아이의 화면만 검게 사라질 경우 서로에 대한 정보가 불균등해진다. 카메라를 켜지 않은 아이는 마치 출석하지 않은 아이처럼 느껴지기도 한다.

그런데 교사가 카메라를 켜달라고 강요할 수 있을까? 너무 힘들면 오늘만 잠깐 꺼도 된다고 말했다가 나는 다시 요청했다. 힘을 내서 카메라를 켜주면 좋겠다고. 왜냐하면 모두가 조금씩 용기와 성의를 내어 화면 앞에 앉아 있으니까. 온라인 수업에서도 출석을 위한 최소한의 준비가 필요하다는 사실이 실감났다. 집에서도 사람들을 만날 몸가짐과 마음가짐으로 모니터 앞에 앉아야 하는 것이다. 아이가 저절로 그런 채비를 하게 되도록 좋은 수업을 하고 싶었다. 그 주에 나는 흘러간 가요의 첫 소절을 글감으로 내주었다. '만날 수 없잖아, 느낌이 중요해.' 그러자 열아홉 살의 조조라는 아이가 다음과 같은 글을 써왔다.

캠을 켜는 순간 20개 넘는 화면에 익숙한 얼굴들이 하나둘씩 보이기 시작했다. 오프라인으로 만날 때와는 다른 느낌이었다. 가볍게 인사를 하기도, 쓸데없는 얘기를 하기도 눈치가 보였다.

그래서 아침인사를 하지 않게 되었다. 온라인 특유의 분위기라고 해야 할까? 단단한 장벽 같은 게 느껴진다. 밀어도 소용없는 그런 단단한 벽 말이다. 다시 오프라인 교육을 하는 그날을 기다리고 있다.

우리는 답답함을 안고 온라인에서 만난다. 시각과 청각 정보는 공유하지만 촉각과 후각 정보는 공유할 수 없다. 함께 창을 열고 가을바람 냄새를 맡을 수도 없다. 나는 모니터를 들고 이리저리 움직이며 내 집의 서재와 파주의 하늘과 나무들을 비춘다. 못 만나서 전할 수 없는 느낌 말고, 못 만나서 전할 수 있는 느낌이 무엇인지 최대한 찾아가는 중이다.

2020. 10. 5

입체적인 타인들

○

      어느 날 초등부 글쓰기 수업을 마치며 나는 칠판에 숙제를 적었다. 숙제의 글감은 '좋은 놈, 나쁜 놈, 이상한 놈'이었다. 주위 사람들의 어떤 면모를 좋거나 나쁘거나 이상하다고 생각하는지 질문하는 글감이었다. 일주일 뒤 아이들은 숙제를 제출했다. 아홉 살의 이안이는 자신의 친구 제하를 좋은 놈이라고 말하며 이렇게 썼다.

    "제하는 필요한 게 있으면 빌려주고 칭찬을 잘 해준다." 반면 나쁜 놈으로는 해리포터 시리즈의 악당 볼드모트를 골랐다. "그는 죄 없는 사람을 죽이고 고통을 준다." 이상한 놈으로는 에릭이라는 인물을 골랐다. 이안이가 좋아하는 책 『조지의 우주를 여는 비밀 열쇠』에 등장하는 천재 과학자다. 이안이가 쓰길 "내가 생각하는 이상한 놈은 보통 사람들과는 다른 사람"이라고 했다.

나는 물었다.

"보통 사람이란 무엇일까? 다르다는 게 꼭 이상한 것일까?"

이안이가 대답했다.

"엄청 심하게 다르면 이상해요. 예를 들어 우주에 자기 마음대로 갈 수 있을 만큼 다른 사람 있잖아요."

그는 다시 책에 눈을 돌리고 에릭의 이야기에 빠져들었다. 이안이에게 에릭은 달라서 싫은 사람이 아니고 달라서 매혹적인 사람이었다. 언젠가는 그 다름에 대해서 '이상한'보다 더 좋은 형용사를 붙일 수 있게 될 것이다.

한편 아홉 살의 이와는 요즘 심취해서 읽고 있는 어린이용 그리스 로마 신화 책의 캐릭터들에 관해 썼다. 좋은 놈으로는 헤스티아 신을 꼽고, 나쁜 놈으로는 아폴론 신을 꼽으며 이렇게 썼다.

아폴론은 동생 아르테미스가 사랑하는 오리온을 직접 죽이게 했다. 아무리 싫어도 그렇지 그건 아닌 것 같다.

이와가 신화 속 캐릭터에 집중할 때 열두 살 서현이는 동시대 뉴스 속 사람들을 원고지에 데려왔다.

좋은 놈은 지금 코로나19 바이러스를 더 퍼뜨리지 않기 위해 조심하고 노력하는 사람들이다. 나는 그런 사람들이 너무 고맙다. 자신이 바이러스에 감염될 수도 있지만 아픈 사람들을 치료하는 사람들에게 특히 그렇다. 나쁜 놈은 코로나19 바이러스에 감염된 사람들을 비난하는 사람들이다. 코로나에 걸리고 싶어서 걸린 것도 아닌데 말이다. 이상한 놈은 코로나가 끝나지도 않았는데 조심하지 않는 사람들이다. 조금만 노력해서 코로나가 끝나면 다 같이 편하게 지낼 텐데 지금 자신이 불편하고 힘들다고 마음대로 하다니 정말 이상하다.

이 숙제는 아이들이 생각하는 선과 악과 도덕관념을 드러낸다. 숙제 속에서 좋은 놈과 나쁜 놈과 이상한 놈은 다른 부류의 사람들처럼 보인다.

한편 아홉 살 제하는 다르게 접근한다. 제하의 원고지에는 오직 두 명만이 등장하는데 그는 두 사람에 대해 다음과 같이 썼다.

우리 아빠는 좋기도 하고 나쁘기도 하고 이상하기도 하다. 일단 맛있는 온소바를 해줘서 좋은 놈이다. 그런데 내가 잘못했을 땐 버럭 화를 낸다. 그럴 땐 나쁜 놈이다. 그리고 아빠는 자기가 사실 이순신이라면서 장난을 친다. 이상한 놈이다. 좋고, 나쁘고, 이상한 건 엄마도 마찬가지다. 평소에는 잘해준다. 예를 들면 휴대폰의 'Siri'처럼 나한테 설명을 잘해준다. 그럴 땐 좋은 놈이다. 그렇지만 엄마는 나쁜 놈이다. 왜냐하면 나한테 가끔 짜증을 내기 때문이다. 그리고 엄마는 이상할 정도로 이상하지 않다. 나는 그 점이 좋은지 나쁜지 모르겠다.

제하는 형용사에 따라 여러 사람을 분류하는 대신 한 사람 안에 공존하는 여러 형용사를 짚어낸다. 부모란 좋았다가도 나빴다가도 이상한 대상이라고 묘사하며, 내가 내준 글감을 창의적으로 버무린다. 제하의 글에서 아빠와 엄마는 앞면과 옆면과 뒷면을 가진 입체적인 인물이다. 제하는 아는 듯하다. 좋기만 하거나 나쁘기만 하거나 이상하기만 한 사람은 없다는 걸. 다들 좋은 놈과 나쁜 놈과 이상한 놈을 자기 안에 데리고 살아가고 있다는 걸. 변화무쌍하며 결코 고정적일 수 없는 그들을 설명하려면 '좋은, 나쁜, 이상한'보다 더 세세하고 정확한 분류가 필요할 것이다. 글쓰기 수업에서 우리는 풍부한 타자를 위한 풍부한 언어를 찾아나간다.

2020. 5. 19

남의 고달픔을 쓰는 연습

○

　　나를 키우는 사람들의 노동에 대해 써보자고 아이들에게 제안했다. 엄마나 아빠가 집밖에서 그리고 집안에서 하는 일들을 새삼 곱씹기 위한 글감이다. 한 아이가 노동이 뭐냐고 묻는다. 나는 노동이 무엇인지 대답한다. 모든 노동에는 고달픈 점이 있다고도 덧붙인다. 그러자 또다른 아이가 고달픈 게 뭐냐고 묻는다. 이번에 나는 아이들 전체에게 되묻는다. "그러게. 고달프다는 건 뭘까?" 아이들은 질문한 아이에게 자신이 아는 고달픔의 속성에 관해 앞다투어 말해준다. "힘들다는 얘기야." "뭔가 막 피곤하고 서러운 거야." "한마디로 지친다는 거야." 소규모 집단지성으로 서로의 호기심이 해결된다. 오늘은 나를 위해

○　269

기꺼이 고달픈 사람들을 떠올리며 글을 써보기로 한다. 매일 봐서 다 안다고 생각했던 부모의 모습을 눈 씻고 다시 보는 것이다.

그러자 아홉 살 서영이는 이렇게 썼다.

우리 엄마, 아빠는 덴털마스크를 판다. 무지무지 바쁘다. 매일 출근한다. 심지어 주말에도 출근한다. "바쁘다, 바빠!"라고 말하며 계단을 빨리 내려간다. 출근하면 마스크를 포장하고 컴퓨터로 일도 한다. (⋯) 저녁에 퇴근할 때도 있고 밤늦게 퇴근할 때도 있다. 행복한 얼굴로 돌아온다. "서영아~ 잘 있었어? 보고 싶었어"라고 말하며 나를 안아준다.

서영이의 글에서 엄마와 아빠는 계단에서도 서두를 만큼 분주하다. 덴털마스크의 제조 방식과 유통 과정은 몰라도 부모가 출퇴근하는 모습만은 서영이의 두 눈에 선명하게 담겨 있다. 돌아오면 어김없이 자신을 안아주는, 매일 보는데도 보고 싶었다고 말하는 엄마의 표정과 목소리를 기억한다. 열한 살 지율이도 마찬가지다. 부모가 습관처럼 내뱉는 말들을 이렇게 옮겨적는다.

아빠는 가방을 들고 "다녀오겠습니다. 얘들아 안녕!" 하며 출근을 한다. 엄마는 자동차 키를 들고 "엄마 갔다 올게! 사랑해!" 하며 우리에게 뽀뽀를 하고 안아주며 출근한다.

서영이와 지율이의 글에서 부모들은 현관문에 서 있다. 그곳은 수없이 헤어지고 다시 만나는 장소다. 맞이와 배웅, 염려와 안도가 반복되는 장소라 어떤 말들은 아무리 되풀이해도 모자라다. 다녀올게. 잘 다녀와. 다녀왔어. 어서 와. 보고 싶었어…… 글쓰기 수업에서 아이들은 이 평범한 대사들을 귀하게 여기며 원고지로 데려온다. 또한 내가 그 일을 할 수 있을지 없을지도 생각해본다. 아홉 살 이안이는 이렇게 쓴다.

우리 엄마는 디자인에 대해 회의를 하러 출근을 한다. 그리고 지친 표정으로 돌아온다. 아빠는 매일 컴퓨터 앞에 앉아서 그림 그리는 일을 한다. 참 힘들어 보인다. 나는 엄마와 아빠의 직업을 가지고 싶지 않다. 그 직업들은 맨날 컴퓨터 앞에만 있어야 하기 때문이다.

이안이는 지친 표정으로 돌아오는 엄마의 앞모습과 컴퓨터 앞에 오래 앉아 있는 아빠의 뒷모습을 문장으로 옮긴다. 컴퓨터 작업에 시달리는 일에 관해서라면 아홉 살 제하도 회의적인 문장을 쓴다.

우리 엄마 아빠는 그동안 책을 만들어서 나를 먹여살렸다. 왜 책 만드는 직업을 선택했는지 모르겠다. 책을 만들기 위해서는 인내심이 많이 필요한 것 같다. 항상 의자에 앉아 키보드를 쳐야 한다.

○ 271

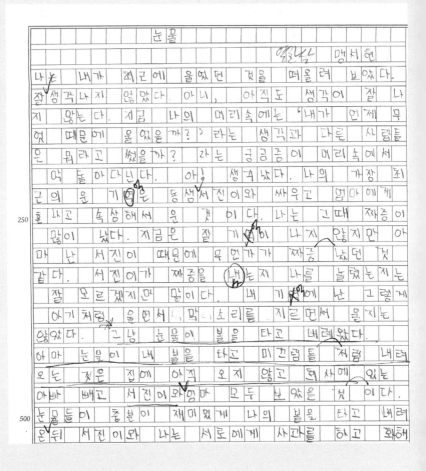

눈물

맹서현

　나는　내가　최근에　울었던　것을　떠올려　보았다.
잘 생각나지 않았다. 아니, 아직도 생각이 잘 나
지 않는다. 지금 나의 머릿속에는 '내가 언제 무
엇 때문에 울었을까?' 라는 생각과 다른 사람들
은 뭐라고 썼을까? 라는 궁금증이 머릿속에서
　엄을 아다닌다. 아! 생각났다. 나의 가장 최
근의 운 기억은 동생 서진이와 싸우고 엄마에게
혼나고 독상해서 운 것이다. 나는 그때 짜증이
많이 났다. 지금은 잘 기억이 나지 않지만 아
마 난 서진이 때문에 무언가가 짜증 났던 것
같다. 서진이가 짜증을 내는지 나를 놀렸는지는
잘 모르겠지만 말이다. 내 기억에 난 그렇게
아기처럼 울면서 맥소리를 지르면서 울지는
않았다. 그냥 눈물이 볼을 타고 내려왔다.
아마 눈물이 내 볼을 타고 미끄럼틀처럼 내려
오는 것은 집에 아직 오지 않고 회사에 있는
아빠 빼고 서진이와 엄마 모두 보았은 것이다.
눈물들이 충분히 재미있게 나의 볼을 타고 내려
온 뒤 서진이와 나는 서로에게 사과를 하고 화해

헤엄글방
맹서현

를 했다. 아마 난 화해를 하고도 서진이가 밉게 느꼈을 것 이다. 아마 자매들은 거의 다 그럴 것 이다. ㅋㅋ 아마난 대부분 서진이랑 싸운 것 때문에 운 것 같다. 난 더 이상 내가 운 기억이 없는 것 같다. 지금은 많이다. 난 서진이랑 싸울때 서진이가 우는 것도 많이 봤다. 서진이는 나와 달리 약간 째금내면서 운다. 그래서 좀 서글럽다. 내가 그때 서진이 에게 화가나서 더 그랬을 수도 있지만 말이다.

내 기억에 난 그렇게 아기처럼 소리를 지르면서 울지는 않았다.

그냥 눈물이 볼을 타고 내려왔다.

아마 눈물이 내 볼을 타고 미끄럼틀처럼 내려오는 것은

집에 아직 오지 않고 회사에 있는 아빠 빼고

서진이와 엄마, 모두 보았을 것이다.

이안이와 제하는 자신들이 굳이 하고 싶지 않은 일을 날마다 하는 이들의 모습을 새삼 생각하며 짧은 글을 완성한다. 그리고 나에게 원고지를 제출하면서 곧바로 묻는다.

"선생님, 밖에 나가서 놀아도 돼요?"

내 대답이 떨어지기가 무섭게 그들은 마당으로 뛰쳐나간다. 서로를 쫓아가며 웃고 떠들고 뛴다. 엄마나 아빠는 안중에 없어지고 순식간에 새로운 일로 즐거워진다. 동시에 내 책상에는 아이들이 타인을 생각하며 쓴 삐뚤삐뚤한 글자들이 쌓여 있다. 잠시나마 나의 고달픔 말고 다른 이의 고달픔으로 시선을 옮겼던 흔적이다. 나는 그 흔적이 자아의 이동 혹은 자아의 해방임을 안다. 시선을 이동하며 나에게서 해방되는 축복을 계속해서 가르치고 싶다고 소망한다.

2020. 7. 14

접속사 없이 말하는 사랑

○

　　글을 다 쓰고 나면 처음부터 훑어보며 불필요한 접속사를 지우는 연습을 한다. '그런데' '그래서' '그리고' '따라서'와 같은 말들을 가능하면 덜어낸다. 접속사는 문장과 문장 사이의 뉘앙스를 결정해버리기 때문이다. 두 문장의 관계를 섣불리 확정하고 싶지 않을 때마다 나는 그 사이의 접속사를 뺀다. 두 문장들의 상호작용을 촘촘하게 설계하는 것이 작가의 일이지만 어떤 행간은 비워둘수록 더욱 정확해진다. 특히 '그러나'와 '하지만'처럼 앞에 오는 내용을 역접逆接하는 접속사를 남발하지 않도록 주의하는 편이다. 예를 들어서 이런 문장이 있다.

　　"두 사람은 아침에 서로의 어깨를 안마해주었다. 그러나 저녁이 되자 컵라면 한 개를 가지고 티격태격했다."

이 경우 나는 '그러나'를 빼는 방향으로 문장을 수정한다. 앞 문장과 뒷문장의 내용이 서로 충돌하지 않는다고 생각해서다.

상대방의 어깨를 주물러주고 싶은 마음과 내 몫의 라면을 한 젓가락이라도 더 먹고 싶은 마음은 공존할 수 있다. 인간은 양가 적이고 복잡한 존재다. 모두들 여러 갈래로 동시에 뻗어나가는 욕망을 감당하며 살아가는 중일 것이다. 나는 아까의 문장을 이 렇게 고친다.

"아침에 두 사람은 서로의 어깨를 안마해주었고, 저녁엔 컵라 면 한 개를 가지고 티격태격했다."

앞과 뒤가 그다지 모순적인 내용으로 읽히지 않는 쪽을 택한 것이다. 접속사가 사라지자 양쪽 다 그럴 법한 일로 읽힌다. 문 장 속의 두 사람은 그저 시간의 흐름 속에서 변화무쌍하게 지내 는 이들로 보인다.

역접하는 접속사가 하나쯤 있을 법도 한데 전혀 없는 노래가 있다. 노아 바움백 감독의 영화 〈결혼 이야기〉에 흐르는 O.S.T. 〈Being Alive〉다. 주연 배우 애덤 드라이버가 극중에서 이혼이 확정된 뒤 취한 채로 그 노래를 부른다. 가사의 일부를 옮겨적 어본다.

Somebody hold me too close 날 너무 꼭 안는 사람

Somebody hurt me too deep 깊은 상처를 주는 사람

Somebody sit in my chair and ruin my sleep 내 자리를 뺏고 단잠을 방해하고

And make me aware of being alive 살아간다는 걸 알아차리게 하는 사람

Being alive 살아가는 것

Somebody need me too much 날 너무 필요로 하는 사람

Somebody know me too well 날 너무 잘 아는 사람

Somebody pull me up short 충격으로 날 마비시키고

And put me through hell 지옥을 경험하게 하는 사람

And give me support for being alive 그리고 살아가도록 날 도와주지

Make me alive 날 살아가게 해

Make me confused 날 헷갈리게 해

Mock me with praise 찬사로 날 가지고 놀고

Let me be used 날 이용하지

Vary my days 내 삶을 변화시켜 (…)

Somebody crowd me with love 넘치는 사랑을 주는 사람

Somebody force me to care 관심을 요구하는 사람

Somebody make me come through 내가 이겨나가게 해주는 사람

서로 충돌하는 듯한 문장들이 마구 섞여 있다. 누군가는 같은 내용을 아래와 같이 말했을 수도 있다.

"그 사람은 날 너무 잘 알고 넘치는 사랑을 준다. 하지만 때로는 깊은 상처를 남기며 날 지옥에 던져놓는다."

이 노래는 그렇게 말하지 않는다. 사랑은 천국과 지옥을 예기치 못하게 넘나드는 경험이기 때문이다. 나를 살아가게도 하고 헷갈리게도 하며, 날 가지고 노는 동시에 내가 이겨나가도록 도와준다.

동시에 성립되지 않을 것 같은 두 가지는 사실은 아주 가까이에 있다. 심지어 충돌하지도 않는다. 나는 그것이 사랑의 복합성이라고 느낀다. 이 동시다발적인 복잡함에 대해 말하는 게 문학일지도 모르겠다.

좋은 예술들은 모두 이렇게 이야기하고 있는 듯하다. 그 사람은 그렇게 단순하지 않다고. 그 사랑은 그렇게 간단하지 않다고.

2019. 12. 16

슬아 선생님에 관한 1 가지 진실

슬아선생님이 재판을 거칠게 두드리고 있다.

나의 오랜 스승으로부터

○

　어딘은 나를 가장 오래 가르친 스승이다. 1967년에 태어난 그는 여태껏 아주 많은 글을 쓰고 아주 많은 일을 하고 아주 많은 제자를 사랑하며 살아왔다. 앞으로도 그럴 것이다. 내가 아무리 용을 써도 어딘만큼 부지런히 사랑할 수는 없을 것만 같다.

　이 책을 탈고할 무렵 어딘으로부터 문자메시지가 왔다. 집을 정리하다가 1995년에 썼던 노트를 발견했다며 그 노트에 적힌 시 한 편을 보내주었다. 이 시를 쓴 해에 어딘은 스물아홉 살이었다. 지금의 나처럼. 젊은 글쓰기 교사였던 어딘이 당시의 제자를 향해 쓴 시는 다음과 같다.

운명적 이끌림을 아는 내 아이

—재윤이에게

학원 시간에 늦은 열 살짜리 꼬마에게

반성문을 요구했을 때

코를 훌쩍이며 써내려간

내 사랑하는 아이의 반성문

어여쁜 반성문

나는 축구공만 보면 끌려간다

축구공이 나를 부르는 것만 같아

눈을 감고 걸어도

축구공이 나를 부르면

나도 모르게 끌려간다

다음부터는

절대로 안 끌려가겠다

아아,

삶의 매혹을 아는 너의 눈빛이

얼마나 투명한지

나는 죄를 짓는 것만 같다

끌려가렴 아이야
운명처럼 부르는 그 무엇이 있으면
귀를 쫑긋 열고
세상의 끝이라도 쫓아가렴
가늘고 유연한 다리로 공을 몰듯
지구의 바깥이라도 쫓아가렴
그 모오든 삶은
운명적 이끌림인 것을
이미 직감한 내 아이야

나는 어딘의 애틋하고 광활한 시선을 따라간다. 가느다란 다리로 공과 함께 지구 바깥까지 달려가는 재윤이를 상상했다가 다시 나에게로 돌아온다. 내 몸과 마음 곳곳에도 어딘의 시선이 닿았던 것이 기억나서다. 스승에게서 받은 사랑을 기억하며 어느새 스승과 비슷한 일을 하고 있다. 어딘은 글쓰기를 가르쳐보라고 처음으로 권유한 사람이다. 아무도, 심지어 나조차도 나에게 그 역할을 기대하지 않았을 때 어딘만이 잘할 수 있을 거라고 말해주었다. 교사의 자리에 서서 나는 아이들을 매혹한 것들을 탐구했다. 무언가에 운명적으로 이끌리는 아이와 나를 번갈아가며 바라보았다.

이제 어딘은 쉰네 살이고, 앞의 시를 쓴 지 25년이 흘렀다. 내 앞에도 그만큼의 세월이 남아 있기를 소망한다. 그 세월과 함께 품이 넓은 교사가 되고 싶다. 스스로도 깜짝 놀랄 만한 작가가 되고 싶다.

이 책은 아이들이 인용을 허락해준 덕분에 만들어졌다. 영원의 관점에서 보면 우리는 모두 친구다. 지구라는 한 달걀 안에서 안부를 물으며 살아갈 것이다. 나를 선생님으로 부르며 우정을 쌓아준 아이들, 수업료와 간식을 챙겨주신 부모님들께 감사한 마음을 전한다. 그들로부터 사랑과 우정과 교육에 관해 계속해서 배우고 싶다.

부지런한 사랑

몸과 마음을 탐구하는 이슬아 글방

©이슬아 2020

1판 1쇄 2020년 10월 21일
1판 10쇄 2024년 4월 19일

지은이 이슬아

기획·책임편집 이연실
편집 정현경 원보름
디자인 이효진
마케팅 정민호 서지화 한민아 이민경 안남영 왕지경 정경주 김수인 김혜원 김하연 김예진
브랜딩 함유지 함근아 고보미 박민재 김희숙 박다솔 조다현 정승민 배진성
제작 강신은 김동욱 이순호
제작처 한영문화사(인쇄) 경일제책사(제본)

펴낸곳 (주)문학동네 | 펴낸이 김소영
출판등록 1993년 10월 22일 제2003-000045호
주소 10881 경기도 파주시 회동길 210
전자우편 editor@munhak.com | 대표전화 031)955-8888 | 팩스 031)955-8855
문의전화 031)955-3579(마케팅), 031)955-8868(편집)
문학동네카페 http://cafe.naver.com/mhdn
인스타그램 @munhakdongne | 트위터 @munhakdongne
북클럽문학동네 http://bookclubmunhak.com

ISBN 978-89-546-7535-2 03810

www.munhak.com